A CASA
DOS COELHOS

Copyright © Éditions Gallimard, 2007.

Tradução
Natália Bravo

Preparação e revisão
Priscila Calado

Capa e projeto gráfico
BR75 | Raquel Soares

Diagramação
BR75 | Catia Soderi

Produção editorial
BR75 | Clarisse Cintra e Silvia Rebello

Dados Internacionais de Catalogação na Publicação (CIP)
(Câmara Brasileira do Livro, SP, Brasil)

Alcoba, Laura
  A casa dos coelhos / Laura Alcoba. --
Rio de Janeiro : Editora Paris de Histórias, 2022.

  ISBN 978-65-996025-2-8

  1. Ficção francesa I. Título.

22-105286   CDD-843

Índices para catálogo sistemático:
  1. Ficção : Literatura francesa 843

Aline Graziele Benitez - Bibliotecária - CRB-1/3129

A CASA
DOS COELHOS

Laura
Alcoba

A
CASA
DOS
COE
LHOS

Paris de Histórias
editora

Para Diana E. Teruggi

Un souvenir, mon ami.
Nous ne vivons qu'en avant ou en arrière.

GÉRARD DE NERVAL

PREFÁCIO

Gostaria de apresentá-los a Laura Alcoba contando um pouco de uma história pessoal: em 2016, fui tomada de amores pela Argentina. Estava voltando ao país mais de dez anos depois da primeira vez em que havia estado na capital Buenos Aires.

Dez anos que me haviam transformado numa historiadora de trinta e poucos anos e com interesses bastante diferentes dos que me levaram à capital portenha pela primeira vez, em 2005. Dessa vez, meu interesse era o de conhecer outra Argentina: não apenas o país das empanadas e dos alfajores, mas também o de um processo histórico complexo, intenso, envolvente. Uma história de lideranças marcantes, como Perón e Evita, mas também de um povo aguerrido e militante. Uma história de autoritarismos. De uma ditadura violenta. Lembro do impacto que me havia causado um documentário chamado *"Quien Soy Yo?"*, assistido ainda nos tempos de faculdade. Ele narrava a história de alguns homens e mulheres que, depois de adultos, descobrem não ser quem imaginavam: quando bebês, eles haviam sido sequestrados por membros da ditadura argentina e entregues a outras famílias. Um crime bárbaro. Um vestígio do passado ainda muito presente. Não pude me desfazer facilmente dessas histórias. Elas estavam comigo quando voltei à Argentina.

Comecei o meu tour pelo Malba, onde, justamente, havia uma exposição sobre a Operação Condor e os novos documentos que hoje nos ajudam a juntar melhor as peças de um quebra-cabeças macabro: a integração entre as ditaduras latino-americanas no intuito de eliminar o máximo possível de opositores. De forma organizada. Depois, fui à *Plaza de Mayo*. Era uma quinta-feira, dia em que, há mais de 40 anos, *las madres* se reúnem para nos lembrar de seus filhos e netos desaparecidos pela ditadura. Um exemplo impressionante de força. De resistência. Fiz também uma visita temática sobre os anos de peronismo com um historiador argentino: uma experiência tão marcante que inspirou a criação dos percursos do Paris de Histórias, alguns anos depois. Por fim, visitei a Escola Mecânica da Armada (ESMA), um antigo campo de concentração para onde eram mandados os militantes contrários à ditadura, transformado num Centro de Memória daqueles anos de horror. Porque lembrar sempre é preciso. Por mais dolorosas que sejam essas lembranças.

Chegando à livraria *El Ateneo*, um dos pontos altos da viagem, procurei entre as suas prateleiras alguma obra de literatura que evocasse aqueles anos da história recente do país. Pedi informações aos atendentes e fui apresentada ao romance *La casa de los conejos*, de Laura Alcoba. Comprei o livro, levei-o para casa, mas patinava na leitura. Não tinha espanhol suficiente para enfrentar um texto de literatura. O livro ficou ali, na cabeceira, mas meu interesse pelo tema continuava vivo.

Alguns meses depois, em janeiro de 2017, quando passava as férias em Paris, dei de cara com outro título de Alcoba, entre os destaques da *Librairie Delamain*, uma das mais tradicionais da cidade. Comprei o livro, ainda um pouco intimidada diante da possibilidade de encará-lo em francês.

Finalmente, em 2018, quando eu já fazia as malas rumo à concretização do sonho antigo de viver em Paris, recebi um e-mail que me deixou em estado de choque. O remetente era a Aliança Francesa de Paris:

"O ponto alto de nossa programação cultural será o encontro com a escritora franco-argentina Laura Alcoba, autora de diversos títulos ..."

Qual não foi a minha surpresa ao descobrir que Alcoba e sua mãe haviam se exilado na França. Ela estaria ali, frente a frente comigo, que há alguns anos vinha perseguindo os seus textos, sem sucesso. O encontro foi uma experiência absoluta e emocionante para mim: a ele se seguiu a leitura de novos títulos da autora, cujas histórias eu finalmente passaria a conhecer melhor.

De lá pra cá, veio o Paris de Histórias, o clube de leitores, a criação da editora e o desenho de seu projeto, de sua proposta: O que, exatamente, pretendíamos com ela?

A proposta da Editora Paris de Histórias é a de diversificar as narrativas e o nosso olhar sobre a França. A literatura nos abre portas, nos abre janelas, nos permite a ampliação de repertórios e de perspectivas. Através dela, pretendemos apresentar aos leitores uma França diversa, povoada de múltiplas vozes: vozes do exílio, vozes da imigração, vozes da capital, vozes do interior. Vozes do centro e da periferia. Vozes, sobretudo, femininas.

A publicação de Laura Alcoba pela editora Paris de Histórias se encaixa perfeitamente no nosso projeto: uma história argentina, que é também francesa. Uma literatura que se faz do entrecruzamento dessa herança. É essa a França que eu habito, assim como muitos outros brasileiros, argentinos, mexicanos, chilenos, haitianos, argelinos, libaneses, senegaleses, marroquinos. Como muitos franceses cujos pais e avós são originários das mais diferentes regiões do mundo. Uma França muito diferente dos clichês a que somos expostos habitualmente. A França que é também de Laura Alcoba.

Em *A casa dos coelhos*, Alcoba evoca as suas memórias de infância para trazer à tona os momentos difíceis em que ela dividira com a mãe e outros militantes *Montoneros* a habitação de um "aparelho", na periferia de *La Plata*. Através de seu olhar infantil, vamos sendo mergulhados num cotidiano marcado por muitas renúncias, desconfianças, tensões e incertezas. Homens e mulheres jovens, corajosos, idealistas, que partilham uma rotina dividida entre as atividades da Organização e a obrigação de se manterem a salvo. A necessidade de não levantar suspeitas, a vigilância constante, de si e dos outros, a relação cautelosa com os vizinhos, o controle, absoluto, dos mínimos gestos, das ações mais corriqueiras, atravessam o seu texto, ao mesmo tempo em que nos atravessam e nos tocam, como leitores.

A rigidez dos códigos e das normas a que são submetidos os *Montoneros*, num contexto em que o golpe de Estado é iminente, parece ainda mais difícil quando imposta a uma criança, de quem se exige o mesmo comprometimento, a mesma dedicação, a mesma compreensão da gravidade da situação vivida. Vamos experimentando, também, as dores, os silêncios e as angústias dessa criança, transformada subitamente em militante, a quem não se permite a inocência e a despreocupação tão características dessa fase da vida. Ao mesmo tempo, pelas lentes da literatura, somos apresentados a outras realidades, a outras possibilidades de luta e de resistência. Essa é, também, uma história de mulheres fortes: como Diana, a quem a autora dedica o seu livro, que milita por seus ideais enquanto carrega uma criança no ventre. Ou como a própria mãe de Alcoba, que busca conciliar a atividade política com a maternidade e leva a filha consigo para a clandestinidade, numa demonstração de força e de coragem sem paralelos. Todos esses elementos fazem deste livro uma obra fundamental, que precisa ser lida, conhecida e debatida nos quatro cantos deste país. Ao me tornar a editora de Laura Alcoba no Brasil, além de sua tradutora, nessas reviravoltas tão bonitas da vida, posso proporcionar aos leitores brasileiros a oportunidade que não tive: a leitura em português de texto tão marcante, tão relevante e tão cheio de beleza. Desejo a vocês o mesmo encantamento que eu tive. Boa leitura!

Natália Bravo

Você deve se perguntar, Diana, por que demorei tanto a contar essa história. Eu havia me prometido que um dia o faria, mas disse a mim mesma, mais de uma vez, que o momento ainda não havia chegado.

Acabei acreditando que seria melhor esperar que eu estivesse velha, muito velha mesmo. A ideia hoje me parece curiosa, mas por muito tempo estive convencida disso.

Era preciso que eu estivesse sozinha, ou quase.

Era preciso que alguns dos sobreviventes desta história não estivessem mais neste mundo — ou que em breve não mais estivessem — para que eu ousasse evocar esse pedaço de infância argentina sem temer os seus olhares, e uma forma de incompreensão que eu acreditava inevitável. Receava que eles me dissessem: "pra quê remexer nisso tudo?" e eu me sentia incomodada antecipadamente de ter que me explicar. Tudo o que me restaria seria deixar o tempo passar, para atingir esse lugar de solidão e de entrega que eu imaginava ser a velhice. Era exatamente assim que eu pensava.

Até que um dia não pude mais suportar a espera. Subitamente, não podia mais esperar o momento em que eu estivesse velha e sozinha. Como se eu não tivesse mais tempo.

Esse dia, estou certa disso, tem a ver com uma viagem à Argentina que fiz com a minha filha, no final de 2003. Quando cheguei, procurei, e encontrei, algumas pessoas.

Comecei a lembrar das coisas de forma muito mais precisa do que no passado. O tempo acabou realizando a sua obra bem mais rápido do que eu havia imaginado. A partir daquele momento, contar essa história se transformou numa urgência.

E aqui estou eu.

Evocarei essa loucura argentina, e todas as pessoas varridas pela violência. Eu finalmente me decidi porque penso nos mortos com muita frequência, mas também porque sei que não se pode esquecer dos sobreviventes. Hoje em dia, estou convencida de que é preciso pensar neles. É preciso que nos esforcemos para dar-lhes um lugar. Foi isso que eu demorei tanto a compreender, Diana. É por isso, sem dúvida, que esperei todo esse tempo.

Mas, antes de começar a contar essa pequena história, há ainda uma coisa que eu gostaria de lhe dizer. Se, hoje, faço o esforço de relembrar e de falar da Argentina dos Montoneros, da ditadura e do terror, pelo olhar de uma criança, não é tanto para me recordar, mas sobretudo para ver se finalmente consigo me esquecer um pouco.

1

La Plata, Argentina, 1975
Tudo começou quando minha mãe me disse: "Está vendo, minha filha? Nós também teremos uma casa com telhas avermelhadas e um jardim. Como você queria..." Já faz alguns dias que vivemos na nossa nova casa, longe do centro da cidade, à beira de um imenso descampado nos arredores de La Plata, onde não há mais cidade e onde ainda não se veem os pampas. Em frente à nossa casa há os trilhos de uma ferrovia desativada, além de alguns entulhos que parecem ter sido esquecidos ali há muito tempo. Às vezes, uma vaca.

Até então, nós morávamos em um pequeno apartamento numa torre de concreto e vidro da Praça Moreno, bem ao lado da casa dos meus avós maternos, em frente à catedral.

Por muitas vezes sonhei acordada com a casa em que gostaria de morar, uma casa com telhado vermelho, um jardim, um balanço e um cachorro. Como as casas dos livros infantis. Como as casas que eu passava tanto tempo desenhando, com um sol bem amarelo na parte de cima e um vaso de flores ao lado do portão.

Tenho a impressão de que ela não entendeu bem. Quando eu falava de uma casa, era apenas uma forma de dizer. O telhado poderia ser verde, ou vermelho. O que eu desejava era a vida que vem lá de dentro. Os pais, que retornam do trabalho todas as noites, para o jantar. Que assam bolos aos domingos seguindo as receitas que encontramos em grandes livros de culinária de papel brilhante. Uma mamãe bonita, de salto alto e unhas pintadas e compridas. Ou de botas, e de bolsa marrom. Ou então sem as botas, mas com um longo vestido azul de gola redonda. Ou cinza. A cor das botas, do vestido ou do telhado não era o que realmente me interessava. Eu me pergunto como é possível que nós nos entendêssemos tão mal, ou se na verdade ela fingia acreditar que o meu sonho era apenas uma questão de jardim e de vermelho.

De resto, era do cachorro que eu mais fazia questão. Ou do gato, nem sei mais.

Ela decide, finalmente, me explicar um pouco do que aconteceu.

Se deixamos o nosso apartamento, é porque agora os Montoneros precisam se esconder. É necessário, porque há algumas pessoas que se tornaram muito perigosas: são os membros dos comandos da AAA, a Aliança Anticomunista Argentina, que sequestram os militantes, como os meus pais, e os assassinam, ou desaparecem com eles. Portanto, é preciso que nós nos protejamos, nos escondamos e, também, que possamos reagir. Minha mãe me explica que isso se chama "viver na clandestinidade". A partir de agora, viveremos na clandestinidade, foi exatamente isso o que ela disse.

Escuto em silêncio. Compreendo perfeitamente o que minha mãe me diz, mas não consigo pensar em nada além da escola. Se vivemos escondidas, como eu faria para ir à escola?

"Pra você, tudo será como antes. É preciso apenas que você não diga a ninguém onde moramos, nem mesmo à nossa família. Nós a deixaremos no ponto de ônibus todas as manhãs. Você vai descer na Praça Moreno, você vai reconhecê-la. É simples, a parada do ônibus é justo em frente à casa dos seus avós. Eles cuidarão de você durante o dia. Nós encontraremos um jeito de buscá-la à noite".

Estou inteiramente só num ônibus velho e desconjuntado, todo recoberto de desenhos vermelhos e prateados. As mãos enormes do motorista estão grudadas num volante forrado de carpete verde e laranja. À esquerda do motorista há, hoje, como quase sempre, uma foto de Carlos Gardel, com seu eterno cachecol branco e seu chapéu cobrindo ligeiramente os olhos. Há também uma imagem da Virgem de Luján, essa mulher bondosa e pequenina, perdida sob um imenso manto azul celeste, recoberto de arabescos dourados, esmagada pela sua coroa e por todos os raios que emanam de seu corpo glorioso. Há, igualmente, alguns adesivos que indicam aos passageiros que o motorista é torcedor do Gymnasia y Esgrima de La Plata. E para não haver dúvida, ele pendurou uma bandeira azul e branca, com as franjas desbotadas, nas costas de seu assento. Quanto ao grande adesivo com as cores da Argentina, na parte superior do para-brisas, ele é o mesmo para todos os motoristas, sejam eles torcedores do Estudiantes ou mesmo do Boca Juniors, a grande equipe de futebol da capital.

No bairro onde moramos atualmente, o asfalto é crivado de buracos profundos, entre os quais os ônibus e os carros tentam abrir o caminho da forma mais cuidadosa possível. Felizmente, os abalos diminuem à medida em que nos aproximamos do centro da cidade e da Praça Moreno.

₱

Prometo não dizer nada sobre o esconderijo do teto. Nem aos homens que possam vir me fazer perguntas, nem mesmo ao vovô e à vovó.

Papai e mamãe escondem armas e jornais lá dentro, mas eu não posso contar pra ninguém. Os outros não sabem que nós fomos obrigados a entrar em guerra. Eles não compreenderiam. Pelo menos, ainda não.

Mamãe me contou a história de um garotinho que havia visto o esconderijo que seus pais camuflavam atrás de um quadro. Mas seus pais haviam esquecido de dizer à criança o quanto era importante se calar. Ele era bem pequenininho, mal havia aprendido a falar. Com certeza eles pensaram que não era necessário, que o menino não poderia dizer nada a quem quer que fosse ou que, de qualquer modo, não compreenderia aquelas precauções.

Quando a polícia chegou à casa deles, revolveram tudo, mas não encontraram nada. Nenhuma arma, nenhum jornal da organização. Nem mesmo um livro proibido. Há muitos deles, entretanto, que figuram na lista de livros proibidos. Mas nada naquela casa poderia ser considerado "subversivo". É que os homens que vieram fazer a revista não haviam pensado em procurar atrás do quadro.

Quando já estavam para sair, quase no umbral da porta, um deles deu meia-volta. Ele se deu conta, subitamente, de que durante a busca o garotinho, aquele mesmo que apenas conhecia algumas palavras, havia apontado o dedo repetidas vezes na direção do quadro: "Ali! Ali!" O homem, então, retirou o quadro da parede... Eles estão todos presos hoje em dia, e tudo isso por causa de um garotinho que mal sabia falar.

Mas comigo é muito diferente. Sou grande. Tenho só sete anos, mas todos me dizem que me expresso e raciocino como gente grande. Eles acham graça que eu saiba o nome do Fimernich, o líder dos Montoneros, e até mesmo que conheça de cor a letra da marcha da Juventude Peronista. Para mim, eles explicaram tudo. Entendi e vou obedecer. Não vou dizer nada. Mesmo que alguém venha me fazer mal. Mesmo que me torçam o braço, ou que me queimem com um ferro de passar. Mesmo que me martelem o joelho com muitos pregos. Entendi a que ponto é importante que eu me cale.

₱

Finalmente, chego à casa dos meus avós. Uma vez mais, sou acolhida pela voz de Julio Sosa. Como em todas as manhãs, meu avô escuta alguns tangos antes de ir para Buenos Aires, onde fica o seu escritório.

Ele é advogado, mas não se mete com política de jeito nenhum. Ele não quer saber de histórias. Sempre trabalhou defendendo pequenos traficantes, falsários, fraudadores e golpistas de todo o tipo. Meu avô tem grande simpatia pelos ladrões de galinha, que lhe devotam frequentemente, em troca, uma espécie de reconhecimento fraternal. É bem verdade que, uma vez, um deles, que meus avós haviam abrigado por alguns dias, foi embora levando com ele a banheira da casa. Ninguém o recriminou por isso: era realmente uma bela banheira, toda de mármore. Uma verdadeira peça de colecionadores. Prova de que ele conhecia bem o seu trabalho.

Com esses caras, em todo o caso (fora o inconveniente de termos que substituir a banheira e de vermos desaparecer, vez por outra, alguns objetos de valor), não havia nada a temer. Meu avô sempre acreditou que os ladrões de galinha eram pessoas de bem. Salvo algumas desventuras, bem engraçadas, cujo relato, sempre enriquecido de circunstâncias e detalhes novos, encerra quase todos os almoços de domingo (as muitas irmãs da minha mãe dedicam-se, no correr da tarde, a verdadeiras contendas oratórias, para ver quem descreve com mais graça o papel disparatado que um ou outro desses sem-vergonhas ousaram representar na casa do seu protetor, quando este teve a gentileza de recebê-los), ninguém nunca teve do que reclamar. Muito pelo contrário. Se não vão embora com uma banheira debaixo do braço, estão sempre à disposição para o caso de uma necessidade — são os faz-tudo do dia a dia, verdadeiros reparadores da existência. Mas eles não se misturam com política. Esses não querem mudar o mundo. Fazem apenas um ou outro malabarismo com o mundo como ele é. O que dá medo ao meu avô são as pessoas que querem mudar tudo.

₱

Daqui a pouco vou sair para a escola com o meu tio, o irmão mais novo da minha mãe, a minha avó e Sofia, minha tia.

Sofia é doente da cabeça, mas isso não se comenta. Ela é como uma criança. Mal sabe escrever.

Ela ajuda na secretaria da minha escola. Recolhe os diários de classe e serve mate às professoras na hora do recreio. Ela acha que tem um trabalho, mas na verdade é o meu avô que entrega um envelope todo mês à diretora, que logo o repassa para a Sofia, tomando o cuidado de esconder dela a origem familiar do que ela acredita ser um salário. Graças a essa pequena mentira ela se sente útil, acredita de verdade que precisam dela ao ponto de lhe pagarem por isso. Meus avós acreditam que isso lhe faz bem e, de todo o modo, não tiveram uma ideia melhor de como mantê-la ocupada durante o dia.

À noite, depois do jantar, minha avó sempre me deixa na casa do Carlitos, o seu irmão.

É por causa da senhora do tricô.

Já há alguns meses, um carro preto fica estacionado o dia inteiro em frente à casa da minha avó. Dentro dele, tem sempre uma mulher loura fazendo tricô, vestida de forma austera, com um coque no alto da cabeça. Ela se parece um pouco com a Isabel Péron, mas um pouco mais jovem, e muito mais bonita também. Às vezes, está acompanhada de um homem, mas, na maioria das vezes, está sozinha. Nós esperamos ela ir embora e então vamos para a casa do Carlitos, onde a minha mãe vem me buscar.

₽

Hoje, na casa do irmão da minha avó, mal tive tempo de brincar com o cachorro. Meus pais vieram me buscar, juntos, dessa vez, e muito mais cedo do que de costume. Depois nós fomos embora de carro, para a nossa casa de telhado vermelho.

No nosso novo bairro, não há muitos sinais vermelhos. Quando a gente corta uma rua perpendicular, é preciso buzinar bem forte para avisar os carros que possam estar no cruzamento.

Sempre que entramos no carro, falamos apenas de forma entrecortada, tentando não perder o fio das frases, interrompidas pela gritaria das buzinas. A gente as escuta vindo de todos os lados: da direita, da esquerda; às vezes ressoa apenas poucos metros à nossa frente, ou atrás de nós; é um bombardeio de todos os lados. Os sinais parecem confusos, mas é realmente uma questão de hábito. Aquele que dirige parece sempre saber que buzina lhe é destinada.

Dessa vez também foi assim. Meu pai buzinou, mas o carro que vinha pela rua transversal continuou o seu caminho, sem parar. O choque foi tão violento que a minha cabeça foi direto contra o para-brisas.

Tudo o que não podíamos fazer era ficarmos parados. A polícia poderia chegar para ver o que se passava. Tem o esconderijo, na nossa casa... e os meus pais ainda não receberam seus documentos falsos, porque demora muito tempo para produzir os documentos falsos, que a polícia talvez acredite que sejam verdadeiros. E eu me esqueci de contar que o nosso Citröen 2CV vermelho tinha sido roubado. O carro faz um barulho, parece estar sem freio. Ele engasga, meu pai o liga de novo. Ele engasga novamente... Nós abandonamos o nosso belo francês à beira da estrada e nos precipitamos pelas ruas transversais a toda a velocidade, sem nem olharmos para trás.

2

Todos os dias, depois da escola, vou primeiro para a casa dos meus avós, com a Sofia e o Luís, o irmão menor da minha mãe, que vai à mesma escola que eu. Sofia é encarregada de nos vigiar no caminho de volta, isso também faz parte do seu "trabalho". Mas, na realidade, eu e meu tio fazemos o que nos dá vontade. Partimos na frente a toda a velocidade, ou então fingimos dar meia-volta, como se tivéssemos atrasado o relógio e fosse a hora de ir para a escola, e não de voltar. O que quer que a gente faça, a Sofia fica sempre para trás. É engraçado fazê-la correr assim. "Parem! Me esperem!" Ela é realmente cômica nesse corpo de adulta com o qual não sabe o que fazer, grande e gordo demais para ela, tão desajeitada e tão perdida.

Chegando à casa da minha avó, nós sempre escutamos a mesma fita cassete de Julio Sosa, *El varón del tango*. Está escrito na caixa.

℗

Hoje a senhora do tricô não está lá. Será que eles entenderam que a gente já percebeu? A menos que outra pessoa tenha tomado o seu lugar. Há tanta gente na Praça Moreno, em frente à casa dos meus avós.

Umas pessoas passeando, um homem que lê um jornal num banco, um casal deitado na grama se beijando e se

acariciando como se tivessem todo o tempo do mundo e, como sempre, muitas crianças.
Pouco importa. Estamos alertas. Quando Vamos pra casa do Carlitos, eu e minha avó — às vezes é uma tia que me deixa lá — sempre no início da noite. Nós sempre paramos várias vezes ao longo do caminho, para ver se não há alguém nos seguindo. É uma questão de hábito.
Muitas vezes, sou eu que olho para trás. É mais natural que uma criança pare e dê meia volta. Para um adulto, isso poderia parecer um comportamento suspeito, sinal de uma inquietação que poderia chamar a atenção. No meu caso, aprendi a disfarçar naturalmente esses gestos de prudência, como numa brincadeira. Eu avanço, encadeando três pulinhos, depois bato palmas e me viro subitamente, pulando com os pés juntos. Entre a casa da minha avó e a de seu irmão Carlitos dá tempo de fazer isso umas dez vezes e de verificar, assim, como quem não quer nada, se ninguém veio atrás de nós.
Quando fico em dúvida, digo ao adulto que está comigo. Então paramos em frente a uma vitrine, ou fingimos termos errado o caminho, apenas para ver o que é.
Hoje, as coisas não acontecem como de costume. Minha avó me diz que a minha mãe acabou de ligar. Essa noite não iremos à casa do Carlitos. Meu pai foi preso. É preciso que eu fique na casa dos meus avós até que minha mãe dê notícias. Ela disse que voltaria a ligar. Mas quando?

℗

Finalmente, fui visitar o meu pai na prisão, com os meus avós paternos.
Estávamos num grande pátio cimentado e fazia um dia muito bonito.

Meu pai estava vestido todo de azul, como os outros, e tinha os cabelos quase raspados. Havia outros homens da idade do meu pai, cujos pais e filhos também tinham vindo visitar pela primeira vez. Nessa prisão, eu diria que só havia novatos. Nós também fazemos hoje a nossa estreia como visitantes.

Um pouco antes de entrar no pátio, uma mulher alta e bonita, de *tailleur* e saltos altíssimos, revistou a mim e à minha avó, assim como a outras mulheres, enquanto o meu avô, com o grupo dos homens, teve de seguir um policial pequeno e gordinho, muito moreno e de grossos bigodes.

Isso acontece numa sala muito pequena, onde as mulheres que tinham vindo para a visita iam entrando, cada uma de uma vez. Entrei na sala no mesmo momento em que a minha avó.

A princípio, disse a mim mesma que tínhamos tido sorte de sermos revistadas por uma senhora tão elegante — ela também tinha um coque! —, ainda que eu tenha ficado um pouco constrangida quando ela me apalpou.

Minha avó teve que ficar bastante tempo de calcinha e sutiã. Seus seios são muito grandes, mas sobretudo flácidos e caídos. Ela parecia incomodada que eu a olhasse. Eu também estava, pra dizer a verdade, principalmente por causa dos seus seios e das pequenas linhas roxas e azuis que ela tinha nas coxas, que até então eu nunca tinha percebido.

A senhora bonita de *tailleur* demorou um tempão revistando a minha avó. Ela deslizou a mão entre os seus seios, levantou-os por várias vezes e até mesmo os apalpou, como quando modelamos uma massa disforme e molenga. Ela também apalpou o seu traseiro e deslizou uma mão entre as suas coxas.

Formávamos um grupo estranho no pátio ensolarado da cadeia de La Plata. Uns ao lado dos outros, em pleno sol, parecia que havíamos marcado um encontro para comemorar alguma coisa; mas se tratava de uma reunião muito específica, porque os que estavam vestidos de azul não poderiam voltar para casa.

Meu pai me pediu para lhe escrever toda semana. Ele me disse que ler as minhas cartas o ajudaria. Não falamos da minha mãe, nem do esconderijo, nem de nada disso. Tentamos falar dos outros, de outras coisas. Bater papo, como se nada tivesse acontecido.

Então, meu avô perguntou ao meu pai como ele estava, meu pai perguntou à minha avó como ela estava, depois foi a minha vez de responder à mesma pergunta. Cada um à sua vez, todos respondemos que estava tudo bem.

3

Hoje, eu e meu avô temos um encontro com a minha mãe. Há quanto tempo não a vejo? Talvez dois, três meses?

Vamos encontrá-la numa das belas praças de La Plata, cobertas de dálias brancas e de árvores em flor. Ao que parece, a minha mãe marcou o nosso encontro ao lado do carrossel.

Meu avô me propõe darmos uma volta, mas eu não tenho vontade alguma. Sentada num banco ao seu lado, olho para os meus sapatos e lhe dou a mão, enquanto o carrossel gira e ressoa uma música de festa, sinos ruidosos e sons estridentes.

O dia está bastante ensolarado, mas o sol me incomoda e eu pisco os olhos.

O que eu mais gosto quando pisco os olhos e está tão iluminado é que começo a ver as coisas de outra maneira. Gosto, sobretudo, do momento em que o contorno das coisas se dissipa e elas parecem perder o volume.

Quando o sol brilha intensamente, como hoje, consigo chegar mais rápido do que de costume a esse ponto em que tudo se transforma, e onde me vejo, repentinamente, em meio a imagens planas que parecem ter sido coladas sobre uma lâmina luminosa. Pela simples pressão das minhas pálpebras consigo afastar para muito longe tudo o que me rodeia e lançá-lo contra um fundo luminoso. Mesmo a música festiva acaba se chocando com esse muro de luz.

Quando atinjo esse ponto, tento conservá-lo o máximo de tempo possível. Mas essa acomodação particular sempre me escapa, às vezes logo depois de ter sido alcançada. Mas dessa vez, novamente, mesmo a imagem das coisas resiste. Rapidamente, tudo se enche de novo e o livro de luzes no qual eu me encontrava desaparece.

Mas tento de novo, porque sou cabeça dura e porque gosto de ver as coisas se esmagando, assim, apenas pela força do meu olhar. Volto a mandar para longe tudo que me rodeia, para ser esmagado mais uma vez contra o cenário. Mesmo o meu avô. Dessa vez, tudo se aplaina rapidamente, como se eu tivesse conseguido tirar partido dessa breve experiência.

Porém, parece que o carrossel, as árvores, o meu avô e os sinos estivessem mais resistentes. Apesar da violência com que eu os vi sendo esmagados, agora eles parecem voltar a inflar-se ainda mais rápido e com muito mais vigor do que antes. Eu abandono a partida — momentaneamente.

Meu avô se levanta. Minha mãe certamente chegou.

A paisagem voltou há muito tempo pro lugar. As árvores, o carrossel, as crianças. Só faltava a minha mãe.

Também me coloco de pé, e levanto os olhos na direção de uma mulher que parece ser aquela que nós esperávamos — a atitude do meu avô parece confirmar —, mas que eu tenho dificuldade de reconhecer.

Minha mãe não se parece em nada com a minha mãe. É uma mulher jovem, magra, de cabelos ruivos e curtos, de um vermelho tão vivo como eu nunca vi. Faço um movimento de recuo quando ela se inclina para me abraçar.

— Sou eu, sua mãe. Não está me reconhecendo? É por causa dos meus cabelos...

Meu avô e minha mãe trocam apenas algumas palavras. Acho que ela tenta tranquilizá-lo.

Depois, o sol se põe a brilhar ainda mais forte que antes. E os cabelos na cabeça daquela que veio me buscar começam a flamejar. Que confusão, é ensurdecedor. Uma vez mais, eu me ponho a piscar os olhos, o mais forte que eu posso, bem mais forte que antes. Em vão.
De agora em diante, isso é certo, a luz não vai estar mais do meu lado.
Meu avô se afasta e nós partimos na direção contrária.

₱

Todas as vezes que encontro a minha mãe depois de muito tempo sem vê-la, tenho direito a uma boneca.
Quando meus pais foram presos pela primeira vez (eu devia ter uns três ou quatro anos, talvez um pouco mais), lembro-me que, quando eles voltaram, me trouxeram uma sereia loura de plástico que tinha uma criança pequena nos braços. Uma criança minúscula, que a pequena sereia loura parecia embalar carinhosamente.
Naquela vez, meus avós, para eu não ficar angustiada, tiveram a ideia de me dizer que meus pais tinham partido para Córdoba a trabalho, mas mesmo assim percebi que eles estavam presos e que tudo aquilo não tinha nada a ver com o trabalho deles, mas sim com uma temporada que eles haviam passado em Cuba, há muito tempo atrás. No fim das contas, na minha cabeça essa primeira temporada dos meus pais na cadeia ficou ligada à sereia de plástico e à cidade de Córdoba, mesmo se, na realidade, a prisão estivesse muito mais perto e a sereia de plástico provavelmente tivesse sido comprada na esquina de casa.
No entanto, toda vez que olho para ela, mesmo que saiba perfeitamente que não é verdade, tenho a impressão de que eles foram muito longe buscar essa boneca para mim,

nos trópicos ou em algum lugar do tipo. E mesmo que eu saiba que Córdoba não tem nada a ver com essa história, eu a chamo de "a minha pequena sereia de Córdoba" e por isso mesmo ela é a minha boneca preferida. E depois, de todo o modo, é verdade: quanto mais olho para ela, mais tenho a impressão de que ela veio de muito longe. Dessa vez, posso escolher a minha nova boneca do nosso reencontro. Entramos em uma loja e minha mãe me diz:

— Escolha a que você preferir.

Paro diante de uma boneca redonda e gorducha, morena, de cabelos longos e cacheados. Minha mãe paga rapidamente no caixa, e troca algumas palavras incompreensíveis com a vendedora; a vendedora parece compreender que não é necessário embrulhá-la para presente e saímos da loja rapidamente.

Minha mãe me segura pela mão.

Com a outra mão, aperto com força as mãos da boneca bonita que me acompanha.

4

Não sei muito bem aonde estamos, muito menos pra onde vamos. A praça e o carrossel já estão longe. Minha mãe, de cabelos ruivos, avança a passos firmes, sem me dirigir a palavra. Sigo seus movimentos, entre ela e a boneca, sem ousar romper o silêncio.

Chegamos a uma parte da cidade que eu não conheço, de casas baixas e ruas desertas. Entramos por uma porta na esquina de uma rua que se parece com todas as outras, depois atravessamos um longo corredor que desemboca em uma praça arborizada, onde pequenas casas de estilo moderno e todas de um andar, são coladas umas às outras, reiterando cinco ou seis vezes a mesma porta de um azul muito pálido, o mesmo arbusto esquálido, que parece plantado ali contra a sua vontade e, principalmente, não ter a intenção de sobreviver por muito tempo. A noite já caiu.

Uma mulher que eu nunca vi nos abre a porta, antes de fechá-la rapidamente e de nos fazer entrar na casa, em silêncio. Evidentemente ela nos esperava, a mim e à minha mãe; ela nos abraça como se sempre tivéssemos nos conhecido e parece feliz pela nossa chegada. Será que eu já a tinha visto alguma outra vez? Será que ela também mudou de aparência, como a minha mãe, que antes tinha cabelos longos e castanhos, e agora se transformou numa ruiva de cabelos curtos?

Na casa, tudo é silencioso. As paredes, brancas, estão inteiramente nuas. As cortinas estão cerradas. A casa inteira parece iluminada apenas por uma lâmpada de escritório colocada no chão da sala de espera, num piso de concreto à espera de um revestimento mais acolhedor que jamais será colocado. A mulher nos mostra o quarto rapidamente, mergulhado inteiramente na penumbra, à exceção do pequeno círculo de luz que a lâmpada metálica desenha no chão, um halo minúsculo num aposento desproporcionalmente grande em relação à falta de móveis, a não ser alguns caixotes de frutas transformados em estantes e dois colchões estendidos no chão. Há muitos livros, por toda a parte, e também revistas e papéis amontoados de qualquer jeito, formando pilhas instáveis que parecem que vão desabar ao menor atrito. Voltamos para a cozinha, onde minha mãe e a mulher, encostadas na parede, põem-se a conversar.

A mulher começa a falar de Deus, e minha mãe a escuta atentamente. Quanto a mim, acho que é uma das primeiras vezes que escuto falar de Deus como se ele realmente existisse, como se fosse alguém de verdade, alguém com quem podemos contar — já tinha visto minha bisavó rezando o terço cotidiana e maquinalmente, movendo apenas os lábios, os olhos fechados. Ela deslizava entre os dedos, uma a uma, as contas de seu rosário, repetindo as orações das quais não compreendíamos nada além de algumas palavras que se encadeavam de forma ininterrupta.

A mulher convence minha mãe de que é urgente me batizar.

Eu ignorava que não havia sido batizada. Pra dizer a verdade, nunca havia me preocupado com isso.

Escuto aquilo tudo surpresa, mas sobretudo aliviada de saber que podemos contar com Deus e que é preciso apenas lhe fazer um sinal para que ele cuide dos que precisam dele.

Minha mãe e a mulher se voltam na minha direção e me explicam sobre os primeiros cristãos. Elas se dirigem a mim diretamente antes de voltarem a conversar com tamanho entusiasmo que parecem ter esquecido da minha presença.

A mulher diz que Deus não está apenas nas igrejas. Ela acha que faz sentido perguntar se Ele continua nas igrejas, se com tudo o que tem se passado Ele consegue se sentir ali como em Sua casa. As duas riem bastante dessa ideia, parecem achar a piada muito boa. Eu rio também dessa ideia de um Deus desalojado, errante, um pouco como nós agora. Olho para elas forçando um riso bem alto, o mais alto que eu posso, ansiosa para que lembrem da minha presença e demonstrar que eu havia entendido a piada.

Enfim, eu acho que entendi.

Na verdade, parece que Deus é bastante acessível, basta lhe fazer um sinal e acreditar nele. Isso se chama esperança, ou fé.

Mas a palavra esperança tem o mérito de ser mais clara.

Essa noite, nós vamos apelar a Ele sem passar por um padre. Um pouco de água, algumas orações, e eu, também eu farei parte dos cristãos.

Como à época dos primeiros cristãos, justamente, quando Deus e o Cristo estavam ao lado dos mais fracos, dos que se escondem, como nós, explica a mulher. Tenho a impressão de compreender melhor, e me sinto incrivelmente próxima desses homens e mulheres que nos precederam há tanto tempo atrás. Então Deus olha por nós, como olhava por eles antigamente?

Subitamente, também sinto pressa.

Quero ser colocada sob a proteção de Deus o mais rápido possível. Não consigo entender como pude ter vivido tanto tempo sem Ele. E sem mesmo sentir a sua falta.

Dispo-me na cozinha e mergulho numa grande bacia metálica, como as que minha avó utiliza para lavar as roupas delicadas. Ou os panos sujos, quando estão muito gordurosos.

A amiga da minha mãe reza baixinho, fechando os olhos enquanto joga um pouco de água sobre a minha cabeça. Suas preces são seguidas de um longo silêncio — eu imagino que ela espera um sinal, Sua resposta. Depois ela segura as mãos da minha mãe, as duas formam um círculo à minha volta, como quando fazemos uma roda, só que elas ficam imóveis e silenciosas.

A espera me parece incrivelmente longa, interminável.

Ele demora muito tempo para responder.

Nós esperamos, na pequena cozinha da pequena casa.

E se Ele não se manifestar? E se Ele não me quiser? E se eu cometi um erro ao rir imaginando-O como um errante? E se essa errância O tiver enfraquecido definitivamente, afastando-O de nós e de todos os homens?

Não ouso me mexer.

Finalmente, a mulher abre os olhos. Como se alguém a tivesse autorizado, obedecendo a um sinal que não chega até mim, mas do qual já não duvido, do qual não quero duvidar, ela faz o sinal da cruz sobre a minha fronte.

Sinto uma paz extraordinária. Então Ele respondeu, Ele me quer.

Saio da água e me visto de novo, me sentindo já bastante mudada.

5

Minha mãe e eu nos apresentamos numa nova casa, onde ficamos conhecendo um jovem casal. Eles se chamam Daniel e Diana, mas costumam ser chamados de Cacho e Didi.

Diana está grávida, mas quase não se nota. Ela tem os cabelos longos, claros e ondulados, e grandes olhos verdes extremamente luminosos e doces. Ela é bonita e muito sorridente.

Sinto de imediato que o seu sorriso me faz muito bem. Ele me tranquiliza, tanto quanto o batismo na banheira de metal. Talvez até mais. Percebo, porém, que esse sorriso pertence ao passado, a alguma coisa que eu sei que ficou perdida para sempre. Como é reconfortante ver que ela conseguiu manter-se firme e estar aqui, com esse sorriso.

Minha mãe me diz que, em breve, nós vamos morar com o Cacho e a Didi numa outra casa, longe do centro. Os dois me sorriem — vejo sobretudo o rosto de Diana, que parece iluminado — e me perguntam o que eu acho, se a ideia me agrada. Digo que sim, forçando um sorriso, já sabendo que o meu sorriso deve parecer ridículo comparado ao de Diana, aos seus cabelos, àqueles olhos.

₽

Enquanto esperávamos a mudança, fomos para a casa de um casal que tem dois meninos, mais ou menos da minha idade.

Brinco um pouco com eles, brincadeiras com as quais não estou nem um pouco acostumada. Entre nós, nunca comentamos sobre o que se passa, nem sobre a clandestinidade — será que explicaram tudo para eles, como explicaram para mim? — nem sobre a guerra na qual estamos mergulhados, ainda que a cidade esteja cheia de gente que não toma partido e que às vezes parece ignorá-la. Se eles estão apenas fingindo, fazem isso muito bem.

Também não falamos do medo.

Eles não me fazem nenhuma pergunta, não me perguntam o que estou fazendo lá, na casa deles, sozinha com a minha mãe, nem mesmo por quanto tempo ficaremos por lá. É muito tranquilizador que essas questões não existam, que eles tenham a delicadeza de me poupar delas.

Agora, eu pego um carrinho vermelho e faço-o rodar pela mesa, imitando, alternadamente, o barulho de um motor acelerando e do vento contra a carroceria do carro. Na verdade, imito o garoto mais novo, que faz exatamente o mesmo que eu, deitado no chão, rodando o seu carrinho no sentido inverso da mesa, como se o motorista de seu carrinho pudesse contrariar as leis da gravidade. Não entendo muito bem o porquê dessa brincadeira, mas tento ter boa vontade e fazer o que é possível.

O mais velho, do outro lado da mesa, desliza a carcaça de um carrinho verde que perdeu uma das portas e cujo teto está amassado, alternando também o barulho do motor, o sopro do vento e algumas freadas; chegando ao fim de sua rota, ele recomeça a corrida do início, como seu irmão e eu também fazemos. Continuamos essa brincadeira por algum tempo, às vezes juntos, às vezes separados. Tanto ele quanto eu respondemos aos rugidos um do outro com um impacto violento que os nossos carrinhos tentam evitar.

De repente, o irmão mais novo nos deixa sobressaltados com o barulho estridente de uma buzina.

₱

Hoje vai acontecer uma reunião. Numa casa nova, mais uma vez. O homem que nos hospeda leva-nos de carro até lá, a mim e à minha mãe.

Nós nos sentamos no banco de trás. Um homem jovem e muito bonito se senta no banco da frente, ao lado do motorista. Nós viramos numa rua à direita, e imediatamente depois em outra. Chegando próximo a uma praça florida, nós a rodeamos duas, três vezes, como se reproduzíssemos no asfalto os movimentos de um carrossel girando em alta velocidade, mas no sentido contrário. Reconheço a praça onde havia estado com o meu avô alguns dias antes, e a lojinha de brinquedos onde havia escolhido a minha boneca. Na sua vitrine, vejo uma boneca parecida com a minha, mas vestida de outro modo, um pouco maior e mais bonita também, eu acho. Eu grito para a minha mãe:

— Olha! Eles têm outras bonecas, mas essa tem mais cabelos e os olhos são mais brilhantes!

Minha mãe não me responde. Nós passamos justo em frente à boneca que se parece com a minha.

—Olha! Eles têm outras como a minha, mas essa é diferente! Ela também tem os lábios muito mais vermelhos!

Minha mãe continua sem responder. O motorista me dá uma resposta seca, visivelmente incomodado:

— Fica quieta!

É a única vez que o homem me dirigirá a palavra.

Ofendida por essas palavras e pelo silêncio da minha mãe, volto-me para ela e percebo que ela está de olhos fechados. Então o homem lhe diz:

— Sinto muito, mas vamos ter que começar tudo de novo. Explica logo pra ela, e diga pra ela ficar quieta, merda!
Então ela me explica:
— Estou de olhos fechados pra não ver aonde estamos indo e ele está dando muitas voltas pra que eu não tenha a menor ideia de onde estou. Você entende? É para a nossa segurança.
Eu entendo.
Só que eu, eu estou vendo... quando a minha mãe fecha os olhos, isso me protege também? Guardo todas as perguntas para mim e não abro mais a boca. De todo modo, não passamos mais em frente à minha boneca, a que se parecia com a minha, mas era mais bonita.

₽

Finalmente, vamos morar com Cacho e Didi.
Na verdade, nós nos juntamos a eles numa casinha onde, ao que parece, haviam chegado uns dias antes. Prova de que aquela casa, em primeiro lugar, era deles, ainda que fosse um pouco nossa também.
Em frente à pequena casa, há uma grade verde enferrujada em alguns pontos, que separa o pátio de uma calçada que não é bem uma calçada, onde se alternam pedras, areia, azulejos e montículos de terra que se transformam em grandes poças de lama quando chove, algo muito frequente neste final de verão. A rua não foi coberta de asfalto, o que é comum na periferia da cidade. Para que o vento não levante muita poeira, as pessoas derramam um pouco de água na parte da rua em frente aos seus portões, fixando a terra ao solo. O ideal é que chova, mas não muito, porque senão o trajeto fica impraticável para os carros, as pessoas e os cavalos que circu-

lam, numerosos, nessa zona de La Plata. O bairro inteiro fica atolado na lama.

Depois de atravessarmos a porta, penetramos num corredor. Cacho e Didi ocupam um quarto que dá para esse mesmo corredor, à direita. À esquerda, uma porta permite o acesso a uma garagem. São os dois únicos cômodos voltados para a rua. No final do corredor, há uma cozinha relativamente grande que ora serve de sala de estar, ora de sala de jantar. No fundo desse cômodo que serve para tudo, na extensão do corredor e da porta de entrada, há uma outra porta que se abre para um pátio. Voltado para o pátio, à direita, há um banheiro sem janela e bastante degradado. Em frente à porta da cozinha há outra porta que se abre para um quarto minúsculo onde dormimos, eu e minha mãe. Os espaços são bem pequenos, mas a casa não termina aí.

No fundo do pátio e atrás do quarto que eu e minha mãe compartilhamos há um barracão rudimentar, uma espécie de galpão deteriorado que, ao contrário do que um visitante de fora poderia pensar, é o coração da casa. É por causa da existência desse espaço em péssimo estado, coberto por algumas placas de zinco onduladas e enferrujadas que fazem as vezes de telhado, que a casa foi escolhida pela direção dos Montoneros para nos servir de moradia.

6

Quando penso nesses meses que compartilhamos com Cacho e Didi, a primeira coisa que me vem à cabeça é a palavra *embute*. Esse termo espanhol, tão familiar para nós durante todo esse período, não tem, entretanto, uma existência linguística reconhecida.

A partir do momento em que comecei a buscar nas minhas memórias — primeiro na minha cabeça, tentando reconstruir uma cronologia que permanecia confusa e traduzir em palavras as imagens e os fragmentos de conversas que me restaram —, essa foi a primeira coisa que eu procurei. Porque esse termo, tantas vezes ouvido e pronunciado, indissociavelmente ligado a esses pedaços de infância argentina que eu tentava reencontrar e restituir, nunca encontrei em outro contexto.

Num primeiro momento, procurei nos dicionários que tinha em casa: nenhum traço de *embute*. Por alguns meses, interroguei todos os falantes de língua espanhola que eu tive a oportunidade de encontrar, mas nenhum deles conhecia essa palavra.

Alguém me informou que as autoridades da Academia Real Espanhola podiam, não faz muito tempo, ser consultadas por correio eletrônico a respeito de qualquer assunto linguístico. Sou informada também de que, qualquer que seja a questão, ao fim de uma ou duas semanas, no máximo, a Academia Real Espanhola responde às dúvidas dos falantes de espanhol. Fiquei contente de saber que poderia consultar uma instituição tão prestigiosa para, enfim, esclarecer a minha dúvida.

Eu queria saber se essa palavra era reconhecida em algum lugar, fosse como um americanismo, fosse como um neologismo, e o que um falante fluente de espanhol entendia por *embute*. Ao que me responderam que essa forma não poderia ser outra senão a "terceira pessoa do singular do presente do indicativo do verbo *embutir*." Ora, na língua que utilizávamos à época, no círculo fechado da organização dos Montoneros, é certo que *embute* era empregado como um substantivo comum.

O único termo que tinha uma existência linguística reconhecida em espanhol, pelo menos no espanhol dos dicionários e dos linguistas era, portanto, o verbo *embutir*, que significa "fazer salsichas". Esse verbo pode ter outros significados: encher, rechear, embutir. Seja qual for, o significado que o verbo designa, em primeiro lugar, é o de fazer salsichas e chouriços.

Poderíamos pensar, então, que o termo *embute* designa o recheio que encontramos no interior das salsichas (o que se recheia), ou então a capa que lhes recobre (dentro de onde se recheia). Ora, nas minhas lembranças, não era isso de jeito nenhum. A palavra *embute*, tal como a empregávamos, não tinha nada a ver com charcutaria.

Continuei, então, a buscar na internet, sem a ajuda dos especialistas, os usos da palavra em todas as páginas em espanhol a que temos acesso pela tela do computador.

Por duas vezes, a palavra apareceu com o sentido de *embuste*, termo espanhol que designa "engano". Porém, nas duas ocorrências encontradas, *embute* é obviamente uma concha.

Os mexicanos, por sua vez, às vezes parecem usar a forma *embute* como substantivo comum, mas apenas de forma familiar, e com um sentido claramente sexual. Foi assim que, durante as minhas pesquisas de internet, encontrei o termo num fórum onde os participantes, sempre escondidos atrás de pseudônimos, discutiam questões sexuais bastante técnicas e pontuais. Durante um debate sobre o tema *"Beso negro, que es?"*, uma das pessoas que participava, com o nome de Tancredo, há apenas algumas semanas desse blog erótico mexicano, escreveu: *"La palabreta embute también es mucho empleada por Don Nadie."* Infelizmente, o testemunho do senhor em questão não estava mais disponível no blog. Quanto ao Tancredo, ele também não dava mais detalhes.

Vejo que alguns argentinos, na internet, utilizam o termo no mesmo sentido que ele tinha para nós naquela época, sempre em narrativas cujo tema é a repressão na Argentina dos anos 1970, e na maioria das vezes entre aspas.

Embute parece mesmo pertencer a um jargão próprio dos movimentos revolucionários argentinos daqueles anos, um termo datado e pelo visto desaparecido.

7

É preciso que as obras avancem rapidamente. Por detrás do galpão, bem no final da casa que *el embute* vai ser construído. Para começar, será preciso cavar um buraco.

Há alguns dias, dois homens têm vindo trabalhar, o Operário e o Engenheiro. É Diana que vai buscá-los no seu furgãozinho cinza. Assim que o veículo penetra na garagem da casa, ela os faz sair pela porta traseira, liberando-os assim de seus esconderijos e da obscuridade, porque eles sempre fazem o trajeto, do ponto de encontro até a nossa casa, escondidos sob um velho cobertor empoeirado. Quando eles saem, seus olhos demoram um tempo até se acostumarem à luz.

Antes de eles irem trabalhar no imenso buraco, nós sempre passamos um momento juntos, na cozinha. Na maior parte do tempo, eles conversam com a minha mãe e Diana, às vezes com Cacho, mas isso não é muito frequente, porque ele quase nunca está em casa. Nessas horas, sou eu que sirvo o mate.

Se Cacho quase sempre está ausente, é porque ele tem sorte de ainda trabalhar, até mesmo com o seu nome verdadeiro. Ninguém sabe que ele faz parte dos Montoneros, como também ninguém suspeita de Diana, para todos os efeitos apenas a bela esposa loura de um executivo sem grandes preocupações.

Em geral, ele sai de manhã cedo de casa para Buenos Aires, e só volta tarde da noite. Ele trabalha num escritório onde tem um cargo importante, eu acho, e está sempre vestido de forma impecável. Na maioria das vezes, usa um terno azul escuro, uma gravata de um azul ligeiramente mais claro que o terno e uma camisa de um branco irretocável. Com sua pasta de couro preta e seus bigodes bem aparados, na verdade ele não tem nada de revolucionário.

Isso sempre diverte muito o César, o responsável pelo grupo, que, no seu caso, vem a pé ou de ônibus. Fora as pessoas que moram na casa — ou seja, Cacho, Diana, minha mãe e eu —, ele é o único membro da organização que sabe onde ela fica, razão pela qual pode vir nos visitar sem problemas, uma vez por semana, para presidir as reuniões.

César é um pouco mais velho que os outros. Deve ter uns trinta anos. Seus óculos pequenos e redondos lhe dão um falso ar professoral. Tem olhos que parecem sorrir e os cabelos lisos e ligeiramente despenteados, que lhe dão a aparência de um poeta. Tudo isso é compatível, eu acho: pode-se dizer, com certeza, que ele parece um professor poeta.

César sempre comenta, entre risos: "Você está incrível, Cacho, essa gravata, francamente...você podia se permitir dar uma mudada de vez em quando...não sei, uma gravata cinza perolada, talvez..."

César faz sempre as mesmas piadas, mas mesmo assim achamos graça.

É por isso que Cacho e Diana foram escolhidos: de um lado para nos abrigar, mas sobretudo para acolher um *embute* particularmente sofisticado, e que deve ser perfeitamente guardado.

Guardado por um casal perfeito, acima de qualquer suspeita e que espera um filho.

Um casal como tantos outros, que costuma ser visitado por um professor poeta.

Quanto à minha mãe e a mim...nós estamos de visita, apenas por um tempo. E minha mãe é uma mulher tímida e muito discreta, que evidentemente prefere não se expor.

₱

Desde que começaram as obras, há uns dez dias atrás, o Operário já encheu algumas dezenas de sacos de areia e entulho. Ao fim do dia, Diana leva o Operário e o Engenheiro — às vezes vem apenas um deles, e nesse caso é sempre o Operário, pois muitas vezes não é preciso que o Engenheiro esteja presente — sempre cobertos pelo velho cobertor empoeirado. Só muito tarde da noite é que Diana ou Cacho saem novamente para se desfazer, nos canteiros ou terrenos baldios (há muitos deles no lugar onde fica a casa) de alguns sacos que foram enchidos durante o dia.

Às vezes, deixamos alguns deles na calçada, à vista da vizinhança.

É que oficialmente a obra destina-se a preparar o galpão para receber coelhos. Esses sacos visíveis justificam, é o que esperamos, as incontáveis idas e vindas do furgãozinho cinza. Nós afetamos uma agitação que um modesto projeto de criação de coelhos parece justificar, assim como algumas das suas consequências materiais. Porém, por detrás do projeto de criação dos coelhos esconde-se uma obra completamente diferente, imensa e de uma importância única: a casa em que moramos foi escolhida para que ali fosse escondida a gráfica montonera.

As duas obras avançam ao mesmo tempo e, a cada dia que passa, vão ganhando forma a olhos vistos: enquanto se extraem quilos e quilos de terra para criar esse cômodo secreto onde a gráfica será escondida, no galpão estão empilhadas dezenas de gaiolas de metal, destinadas a acolher os coelhos que chegarão em breve.

Durante o dia, enquanto aguardo o retorno das aulas, depois das férias de verão, observo o avanço da obra, na verdade das obras, a oficial e a outra.

Foi o Engenheiro que imaginou esse pequeno cômodo secreto que está sendo construído bem no fundo do galpão. Ele teve a ideia de construir um segundo muro à frente do muro do fundo, paralelo a ele, a dois metros apenas do muro original, talvez até menos. Agora que as obras já estão bem avançadas, pode-se ver, na parte direita do muro que já foi construído, uma porta pesada, do mesmo material que o muro, mas montada sobre uma estrutura metálica.

O Engenheiro é mesmo muito talentoso. Ele me explica, orgulhoso de seu trabalho, que já está quase terminado, que o *embute* imaginado por ele é um dos mais complexos já construídos até hoje.

Graças a um mecanismo eletrônico, a pesada porta de concreto que permite o acesso à gráfica poderá ser aberta ou fechada.

— Como assim, um mecanismo eletrônico?

— Desse jeito aqui. Olhe, esses dois fios elétricos vão continuar à mostra, como acontece muitas vezes nas obras, quando elas ainda não terminaram. Só que nesse caso, não se trata de negligência... está quase pronto. Vamos fazer um teste.

Então, ele faz, diante dos meus olhos, algo que mal posso acreditar. Com a ajuda de dois outros fios ligados a uma pequena caixa, ele aciona um contato que faz mover, com uma rapidez incrível, a enorme porta de concreto que estava à nossa frente: o espaço reservado à gráfica desaparece subitamente atrás de um muro onde ninguém pode imaginar que exista uma abertura. Ao fechar, a porta escondeu-a completamente.

Dou um grito de admiração, porque o dispositivo é de tirar o fôlego. O Engenheiro, visivelmente orgulhoso de si mesmo, põe-se a comentar sua obra. Quando está fechada, a porta prolonga com perfeição o muro, ninguém poderia suspeitar da sua existência. Se precisarmos esconder o que está ali dentro, é isso que faremos. Bastará apertar o botão da caixa que deixaremos sempre num canto, à vista de todos, como se tivesse sido deixada ali por acaso.

— É de uma astúcia impensável, é disso que eu mais me orgulho, diz ele, que esse dispositivo, engenhoso e complexo, seja protegido por supostas mostras de negligência e imperícia, na verdade totalmente desejadas e controladas.

— O dispositivo de abertura do *embute* estará ainda melhor escondido se os meios para o seu acionamento estiverem visíveis a olho nu. É genial, não? Tive essa ideia lendo uma novela de Edgar Allan Poe: nada esconde melhor do que uma evidência excessiva. *Excessively obvious.* Se eu tivesse escondido completamente o dispositivo, ele não estaria tão bem protegido. Esses fios grosseiros que eu quis deixar expostos é a melhor das camuflagens. Esse toque de negligência, essa maneira de exibi-la em toda a sua simplicidade foi perfeitamente calculada e é exatamente o que nos protege. Os coelhos vão nos proteger também, quando chegarem...

— Então Edgar Poe é bom?

— Bom? Ele é magistral! *O escaravelho de ouro, Ligeia, Assassinatos na Rua Morgue...* você vai ler isso tudo quando crescer.

— Ah é? Não posso ler agora?

— Você pode até tentar lê-lo agora, mas daí a compreender todas as sutilezas..., responde o Engenheiro, antes de entrar no *embute* para verificar as conexões no interior do cômodo secreto.

Então, sua voz me alcança, bastante abafada:

— Minha novela preferida é *A carta roubada*.

₪

Sempre que o Engenheiro vinha trabalhar em casa eu ia até o canteiro de obras. O Operário estava sempre lá, pois também tem de construir as instalações que abrigarão os coelhos. Mas o Engenheiro aparece cada vez mais rara.

— Tudo está funcionando perfeitamente. Em breve você não vai me ver mais.

Virando-se para mim, enquanto testa mais uma vez o dispositivo de abertura e de fechamento da porta do *embute*, ele pronuncia essas palavras com um sorriso que ilumina todo o seu rosto.

Eu não havia percebido o quanto ele era bonito. Seus cabelos são muito escuros, quase pretos, mas sua pele é clara, leitosa. Quanto aos seus olhos, não sei exatamente de que cor eles são. Cinza-esverdeados, cinza-azulados? É que a cor dos seus olhos muda de acordo com o tempo, de acordo com a luz também, e também, eu acho, de acordo com a sua própria vontade, com o brilho que ele queira dar. Às vezes o seu olhar se fecha e se recobre de uma espécie de véu opaco que lhe dá alguns reflexos escuros. O Engenheiro deve ter a idade do meu pai, mas é muito maior e mais esguio. Sinto-me tão pequena perto dele.

Apoiada ao falso muro da casa, eu me ponho a brincar com uma de minhas tranças, enrolando-as em torno do meu indicador, a cabeça ligeiramente inclinada para um lado.

— Ah... que pena! O que você fez é mesmo genial... Você talvez pudesse fazer um outro *embute*, um pouco menor, em outro lugar da casa. Não sei. Na sala, ou no meu quarto, por exemplo.

Ele se volta de novo para mim, antes de soltar uma gargalhada:

— Não, já terminei o meu trabalho aqui... tenho muito o que fazer lá fora.

Me senti completamente ridícula de ter pedido isso a ele. Acho que até enrubesci, depois de ouvir a sua gargalhada. Com os braços para trás, aperto com força as minhas mãos enquanto me afasto para me refugiar no meu quarto, fingindo indiferença, mas profundamente magoada.

₽

Ao lado da minha cama há uma pequena cômoda onde arrumamos as nossas coisas, eu e a minha mãe.

Envergonhada pelo que ocorrera com o Engenheiro, finjo colocá-la em ordem, na esperança de esquecer o quanto as minhas sugestões tinham sido ridículas. Quis parecer adulta, militante, dona de casa, mas sei muito bem que sou pequena, bem pequenininha mesmo, e que se o Engenheiro finge estar interessado pelas nossas conversas é porque estou sempre por lá, e principalmente para não ser descortês comigo.

Viro e reviro a cômoda, tiro as minhas roupas e depois as rearrumo de outra maneira. Me ocupo, esperando que esse sentimento passe.

Atrás de um pulôver, sinto que há uma coisa dura... ah, é a velha máquina fotográfica que a minha tia Sílvia me deu de presente na última vez que a vi. Ela tinha acabado de comprar uma outra, muito mais moderna, e então ela me deu essa daqui. "Tome, ela me disse, estendendo-me o aparelho. Para você. Ela não é nada demais, mas pode servir para você tirar as suas primeiras fotos."

Eu tinha me esquecido completamente de que ela estava lá.

O que eu poderia fotografar nesse cômodo?

Há duas camas de ferro e uma prateleira onde pus dois sapos em tecido, uns sapos molengas, porque são recheados de areia. Eles são bem verdes na parte da frente, mas a minha avó, que os fez para mim, teve o cuidado de costurar a sua barriga com um bonito tecido florido. Assim, ela me disse, vai parecer que eles estão descansando em cima de vitórias-régias.

Quando eu os olho com esse objetivo, tenho dificuldade de reconhecê-los: como eles são molengas, não resistem, e, na prateleira bem acima da minha cama, formam duas coisas esverdeadas e disformes. Não consigo nem mesmo distinguir o ventre florido.

É que, pelas lentes da minha máquina fotográfica, nosso quartinho parece ainda mais escuro do que realmente é. Nessa penumbra que o invade, meus dois sapos não se parecem mais com nada.

Eu me viro, então, para a janela que dá para o quintal.

Do outro lado do pátio, sob o muro em frente à janela do meu quarto, vejo com bastante nitidez algumas manchas de umidade e mesmo uma rachadura mais profunda, bem ao centro. Dou então alguns passos em direção à janela, pois, visivelmente, com a minha máquina vejo melhor o que está lá fora.

É nesse momento que ouço os passos do Engenheiro voltando dos fundos da casa em direção à cozinha. Ele logo iria passar em frente à janela do meu quarto.

Estou contente de ter a minha máquina comigo: poderei observá-lo sem fixar os olhos nele, como uma idiota. Por trás do meu aparelho, me sinto um pouco mais protegida. Adoraria que ele também me olhasse e me visse de outro modo, com minha máquina de adulto.

Eu o vejo aparecer no diafragma, mas parece que ele não se deu conta de que eu estou aqui.

Justo no momento em que o Engenheiro está prestes a deixar o pátio, antes que ele desapareça na cozinha, eu faço um barulhinho, "clic", para chamar a sua atenção, dirigindo a ele, por trás da caixa preta colada contra o meu rosto, um pequeno sorriso.

Ao invés de entrar na cozinha ele entra no meu quarto, furioso, antes de me arrancar o aparelho das mãos:

— Mas você é completamente maluca! O que você está fazendo?

Ele abre a máquina com raiva e se dá conta de que ela está vazia. Ele a joga na minha cama e me pega pelo braço, segurando-o e sacudindo-o com força.

— Isso não é engraçado, não é nada engraçado! Você sabe que não podemos tirar fotos de jeito nenhum! Isso aqui não é uma colônia de férias!

— Mas eu não tenho filme, é só uma brincadeira.

Ele se recompõe um pouco e diz, ainda ofegante e agitado:

— Nunca mais brinque disso, entendeu?

Abaixei a cabeça e comecei a chorar. Baixinho. Adoraria que ele não tivesse visto as minhas lágrimas, mas logo eu não conseguia mais conter os soluços, dissimulados, mas totalmente perceptíveis. Quanto mais tentava conter as lágrimas, mais o meu corpo era sacudido pelo choro e pelo próprio esforço.

Ele se volta rapidamente, como se fosse partir, depois se contém. Agora se esforça para falar com uma voz muito mais suave. Mas é uma alteração de voz demasiadamente brusca e artificial para que pudesse me acalmar:

— Me desculpe. Estamos todos com os nervos à flor da pele, você entende?

E me dá uma palmadinha na moleira, com a ponta dos dedos, enquanto eu permaneço imóvel, a cabeça baixa, as tranças caindo.

Esse tímido tapinha de desculpas faz com que eu me sinta ainda mais humilhada.

8

Se a minha mãe precisa evitar sair de casa, é porque a sua foto apareceu nos jornais. Ainda que agora ela ostente uma cabeleira de um ruivo vivo, bem diferente do tom escuro e discreto daquela época em que ela se parecia de fato com uma mãe, ou seja, na sua época de estudante — a foto publicada em *El Día* datava dessa época; sem dúvida foi encontrada nos arquivos da universidade onde ela cursou História —, é melhor que ela fique longe dos olhares da vizinhança.

Felizmente, não é o meu caso. Continuo com a mesma aparência de antes e não tem ninguém me procurando. Estou aqui apenas assistindo a isso tudo.

Todos os dias, mais ou menos às seis da tarde, eu via a vizinha passar, uma mulher loura, alta e bonita, de cabelos lisos e muito longos. Ela é magra e usa, quase sempre, calças justas, e invariavelmente empoleirada em saltos muito altos. O sonho em estado puro, a julgar pelos olhares de admiração da tropa exclusivamente masculina que se forma a pretexto de tomar alguns mates entre vizinhos de mesmo sexo, sempre no mesmo horário em que todo o bairro sabe que a nossa bela vizinha vai voltar para casa.

Eu também a observo.

Evidentemente, ela se sente assediada pelos observadores masculinos, que a examinam detalhadamente, com ares de especialistas, da cabeça aos pés. Quando estes *ma-*

teros das seis em ponto são muito numerosos ou seus olhares mais audaciosos do que de costume, tenho a impressão de que ela busca um olhar feminino, ou pelo menos um olhar mais acolhedor do que faminto. É então que ela repara em mim, que lhe sorri um sorriso sem a mesma avidez dos *materos*, que optaram por expor seu desejo sem nenhum pudor e nenhum controle, ainda que cheio também de uma admiração que me parece mais do que merecida.

Cada vez mais amiúde nós vivemos, eu e ela, essa mesma cena. Por volta das seis horas, entre o momento em que aparece no ponto de ônibus e o que coloca a chave na fechadura da sua porta, uns duzentos metros adiante, ela caminha olhando fixamente em frente, sem demonstrar que percebe que é olhada, ainda que todos saibam que ela sabe e que vê muito bem... E a cada vez que ela me encontra no seu caminho, é apenas a mim que ela dirige um olhar cúmplice e um sorriso.

Quantas vezes essa cena se repetiu, antes de ela me dirigir a palavra? Umas dez, quinze vezes?

Um dia, vendo-me mais uma vez sozinha e, como sempre, fascinada ao vê-la apontar na esquina da rua, ela me convida para entrar em sua casa:

Ela me oferece um copo de leite com bolinhos antes de me levar até o seu quarto.

— Vem, você vai me ajudar, ela disse.

Então, ela abre as portas de um velho armário, exclusivamente destinado aos seus inúmeros pares de sapatos:

Tinha sapatos de todos os tipos e de todas as cores, mas os que eu mais gosto são os muitos pares de sapatos de salto alto rosa e roxo, pois eu nunca tinha visto sapatos dessas cores.

— Você gostou desses, hein?

Eu me ouço dizer: "sim", com uma voz abafada. Ela diz:

— Pode pegar, e pode tocar neles também, se você quiser.

Não ouso avançar, tamanho é o meu medo de sujá-los.
— Se foi do rosa que você gostou, vou te mostrar uma coisa.
E ela sobe numa banqueta para pegar bem em cima do armário uma caixa branca de onde ela tira um par de sapatos magníficos, como eu nunca tinha visto. Eles são de um rosa pálido, mas extremamente luminoso, coroados por um laço feito do mesmo couro envernizado cheio de dobrinhas, como se fosse um laço de tecido. O salto é bastante largo e maciço, sem dúvida para que seja possível a elevação do corpo; quando minha vizinha pega um dos sapatos nas mãos e eu vejo, de baixo, uma sólida coluna rosa se elevando em direção a uma superfície que ela alça de forma sublime, compreendo que ali está o apêndice natural e necessário de uma verdadeira princesa. Duvido ser digna de, um dia, usar uma maravilha como essa, mas me sinto imensamente orgulhosa de ter tido a sorte de vê-los tão de perto.

Ela escolhe cinco ou seis pares de sapatos e os dispõe ao chão, em frente à sua cama, depois tira de um outro armário um vestido branco, cuja frente é pontilhada de bolas verdes, rosas e violetas, muito maiores que as dos vestidos de bolinha habituais. Algumas delas se sobrepõem, mas nunca da mesma maneira, pois às vezes é uma bola rosa que recobre em parte uma verde, enquanto outras vezes é a rosa que está parcialmente escondida.

De repente, ela me pergunta:
— Diz pra mim, pequena, que sapatos você colocaria com esse vestido?

Surpreendida pela sua pergunta, fico um bom tempo em silêncio. Descarto imediatamente os escarpins de princesa, que só poderiam ser usados numa ocasião excepcional. Além do mais, não foi sem razão que ela os recolocou na sua caixa, forrada por numerosos papéis de seda.

Aponto com o dedo um par de sapatos verdes.
— Você escolheu bem, ela me diz.

₽

Minha mãe irrompe na cozinha enquanto eu ponho a mesa para o almoço. Está muito aborrecida. Permanece no vão da porta, como se a sua raiva a impedisse de avançar:
— Você pode me explicar o que aconteceu com a vizinha?
— Nada demais...
— Como nada demais? O quê você disse a ela?
— Nada, ela só me mostrou os seus sapatos.

Minha mãe parece ainda mais aborrecida. Evidentemente, ela espera que eu confesse alguma coisa, mas não sei o quê, então começo a chorar.

Diana, que entrou na cozinha logo em seguida, se aproxima e tenta acalmar a mamãe. Agora é ela que fala comigo, com uma voz suave:
— Não tem problema, eu consegui consertar as coisas, ela pareceu acreditar em mim. Mas de onde você tirou a ideia de dizer pra ela que você não tinha sobrenome?

Não entendo a que Diana está fazendo alusão.

Ela nos conta que a vizinha procurou-a essa manhã para lhe perguntar o que havia acontecido com "aquela menininha" que lhe havia dito não ter um sobrenome. É evidente que ela conta a história para a minha mãe, no mínimo, pela segunda vez.

Percebo que "aquela menina" sou eu.

Em princípio, isso tudo aconteceu ontem, mas eu não me lembro de nada. Ou não me lembro mais. Quer dizer, eu acho.

Depois que a Diana contou essa história, sim, acho que a vizinha perguntou o meu sobrenome, antes ou depois da cena dos sapatos, quando estávamos no seu quarto. Sim, acho que ela me perguntou. Eu respondi: "Laura." Disse apenas o meu nome, porque sei que ele não vai mudar. Em seguida, acho que ela me perguntou: "E o seu sobrenome?" Sinceramente, não me lembro do que veio depois. Devo ter ficado em pânico, pois sei muito bem que minha mãe é procurada pela polícia e que esperamos que nos deem documentos e sobrenomes falsos. Será que também sou procurada? De alguma forma, sim, com certeza, mas sei muito bem que estou nessa por acaso.

Será que eu poderia ter dito que era filha de um militar? Não, isso seria impossível, acharia isso insuportável. Não seria eu. Poderia ter sido a filha de López Rega, o feiticeiro? Não, de jeito nenhum, esse homem é um assassino cínico e perverso, todo mundo sabe, ele só poderia gerar pessoas monstruosas. Não acho que eu seja um monstro. Mas, então, o que eu poderia ter respondido? Meu sobrenome, qual é?

Sim, agora, tentando me lembrar da cena, acho que, a um momento, eu tive medo, na casa da vizinha. Pode ser que eu tenha respondido que não tinha sobrenome, tal como lhe repetiu Diana.

Mas não é pra ficar tão nervosa assim, mamãe, eu entendo que isso é ridículo. Ridículo não, desculpa, entendo perfeitamente que isso é grave, muito grave mesmo. Coloquei todo mundo em perigo. Disse uma besteira tão grande que poderia ter levantado suspeitas. Afinal, não é possível que uma menina de sete anos não saiba seu sobrenome, ou que pense que é possível não ter um. O pior de tudo é que eu não disse nada justamente para evitar que isso gerasse uma catástrofe. Sim, é verdade, por que eu não disse nada, por que não os avisei? Se a vizinha tivesse falado dessa besteira para outras pessoas, o bairro inteiro poderia começar a nos achar estranhos. Eles com certeza já nos acham um pouco estranhos, sim, com certeza. E se todo mundo soubesse que naquela casa há uma menina que diz não ter sobrenome, eles teriam nos achado muito, muito estranhos.... Além de todas as saídas noturnas do furgãozinho, de toda essa terra que é preciso fazer desaparecer, ainda tem uma menina que diz "Eu não tenho sobrenome, minha família não tem sobrenome." Você tem razão, Diana. Desculpe, mamãe.

Sim, sei que tive medo, agora me lembro perfeitamente, senti como se tivesse caído numa armadilha, naquela casa, com aquela loura espetacular dos sapatos que me perguntava insistentemente: "Mas o seu sobrenome, qual é? Não existem pessoas sem sobrenome, você com certeza tem um sobrenome! Seu pai e sua mãe, eles são o Sr. e a Sra. de quê?" Sim, agora me lembro: "Não, meu pai e minha mãe também não têm sobrenome. Eles são o Sr. e a Sra. Nada, Nada, Nada, assim como eu."

Minha mãe empalidece, ganha uma cor diferente, absolutamente fora do comum.

Tenho a impressão de que o teto vai despencar sobre nossas cabeças, de que os homens da AAA já estão lá fora, nos seus carros negros e sem placa, por trás de seus bigodes e armados até os dentes, que eles vão entrar na casa e nos matar como coelhos no fundo do galpão, bem na frente do grande buraco.

Espero um acontecimento imediato e trágico para todos nós, o fim iminente de todas as coisas estranhas que nos aconteceram. Porém, indo contra qualquer previsão, Diana cai na gargalhada, um riso claro e alegre, que alivia o ambiente insuportavelmente pesado que se instalou na cozinha.

— O que você disse foi uma besteira tão grande que me ajudou a dar uma explicação convincente. Eu disse que seus pais eram separados e que essa era a sua maneira de dar sentido à sua tristeza e à sua angústia. Ela ficou muito emocionada enquanto me ouvia.

Eu também. E principalmente aliviada. Me tranquiliza saber que Diana imaginou para mim um drama normal de infância. Ela continua a rir, olhando ora para mim, ora para a minha mãe:

— Sabe, foi engraçado...

E virando-se para mim:

— Acho que ela nunca mais vai te perguntar sobre os seus pais!

9

Para que eu não fique entediada, o Operário, que está dando os últimos retoques na obra, me deu um gato. Foi uma bela surpresa vê-lo sair do furgãozinho com um gatinho listrado que viajou no seu colo, sob o velho cobertor vermelho.

Ele deve ter apenas algumas semanas de vida, é bem pequenininho e muito agitado.

Gosto muito de brincar com o meu gatinho.

O problema é que ele não sabe parar, ficar calmo. Ele se recusa a me ouvir quando eu lhe digo para parar. Quando quero interromper a brincadeira para ir até o canteiro de obras no fundo do galpão, ele se agarra aos meus tornozelos e me mordisca. Sacudo as pernas e às vezes consigo tirá-lo de cima de mim, mas inevitavelmente ele volta.

Quanto mais eu o afasto, mais ele fica agressivo, e chega às vezes a tomar impulso para saltar nos meus joelhos e me cravar as unhas. Quando chegamos a esse ponto, ele não me olha nem me escuta mais. Então ele me ataca, com uma hostilidade mecânica e boba que nada parece poder deter.

Às vezes não aguento mais: seguro-o pelo rabo e o arremesso com toda força contra o muro, para nocauteá-lo de uma vez por todas.

Mas meu gatinho volta sempre à carga.

Então eu também começo de novo, com ainda mais força do que da vez anterior. Também tomo impulso, como se eu fosse arremessar uma bola num campo imenso, mas o pátio é pequeno, e ele bateria a cabeça contra o muro que está a apenas dois metros de mim. Curiosamente, o gatinho listrado volta a colocar-se de pé sempre com a mesma facilidade, dando um pulinho de lado, como se fosse de mola.

Recomeço mais uma vez, mas esses bichos são mesmo muito resistentes. Agora entendo a expressão "ter sete vidas como os gatos", ainda que o meu pareça ter mais do que sete vidas. Muito mais.

O que é certo é que eles não morrem assim tão facilmente.

₽

Não sei quem teve a ideia dos coelhos, se foi o Engenheiro, uma das pessoas que moram na casa ou se foram os responsáveis pela organização que tiveram essa ideia por nós. Talvez o César? Entendi bem o Engenheiro quando ele me explicou que podíamos esconder tudo sem esconder nada. Mas e os coelhos? Por quê estaríamos mais protegidos acolhendo centenas de coelhos?

Hoje, Cacho falou bastante disso à mesa, pois eles estão para chegar. Ele nos explicou como vai ser quando chegarem os coelhos.

O que ele disse foi mais ou menos isso: a criação de coelhos será a atividade oficial da casa. Atividade doméstica e artesanal porque, com ou sem coelhos, o Cacho vai continuar trabalhando em Buenos Aires. Porém, graças à criação dos coelhos, poderemos justificar todas essas idas e vindas, assim como o canteiro de obras justificava as idas e vindas causadas pelo *embute*. Quando os coelhos tiverem chegado, as viagens incessantes do furgãozinho cinza, para transportar as pessoas ou entregar os jornais que já estarão prontos, serão justificadas pelo transporte de coelhos ou a entrega dos nossos cozidos à base de coelho.

— Ah, então nós faremos cozidos? perguntei.

— Sim, nós os faremos... vamos comê-los nós mesmos. Vamos fingir que enchemos muitas caixas com eles, mas, dentro das caixas, estarão os exemplares de *Evita Montonera*, dispostos em grupos de cinco e formando colunas regulares.

Há coisas que ainda não me parecem muito claras. Quando sirvo mate numa reunião, não ouso falar na frente do César, mas assim, entre nós, na mesa, sei que posso fazer perguntas. É estranho, mas somos quase uma família, Cacho, Diana, que fica a cada dia mais redonda, minha mãe e eu.

— E se alguém vier comprar coelho, algum vizinho, teremos de abrir a porta e deixá-lo entrar?

Em princípio sim..., mas não se preocupe, os argentinos só comem carne de vaca. Ninguém vai vir.

₱

Hoje finalmente eles chegaram no furgãozinho.

Não saberia dizer quantos são: cinquenta, cem, mais ainda? De todo modo, foram necessárias várias viagens antes de reunir o efetivo que vai constituir a nossa criação.

As gaiolas foram dispostas umas em cima das outras, formando uma parede feita de arame, pelos brancos e centenas de pares de olhos vermelhos entre a porta da frente do galpão e o falso último muro da casa.

Os coelhos que já foram desmamados se espremem em gaiolas de engorda; são, em geral, seis ou sete em cada compartimento muito pequeno. As mamães coelhos estão um pouco melhor acomodadas, já que ocupam um único compartimento com todas as suas crias.

Gosto de vê-los se aglomerando ao redor da pipeta de água ou comendo seus grãozinhos cor de areia, enquanto minha mãe se ocupa de uma pequena rotativa *offset*, logo atrás desse falso último muro. É que os coelhos chegaram no momento em que a impressora começou a funcionar regularmente.

No fundo do galpão, os jornais se acumulam, cuidadosamente empilhados. Em pacotes de dez, os exemplares de *Evita Montonera* formam estranhas colunas. Em frente ao falso último muro, os coelhos se reproduzem com uma rapidez impressionante. E quanto mais bolas de pelo branco há nas gaiolas, mais as mãos da minha mãe ficam manchadas de uma tinta espessa e escura. Logo ela não conseguirá mais tirá-la, mesmo que esfregue bastante as mãos com uma escovinha e sabão de coco.

₱

Hoje, fizemos nosso primeiro ensaio culinário.

Diana pegou pelas orelhas um belo coelho com a intenção de matá-lo de uma vez só.

O coelho, pressentindo o que estava por acontecer, começou a se agitar em todas as direções, fixando em Diana seus olhos escarlates. Então ela o prendeu contra a bancada da cozinha e me pediu para segurar suas patas traseiras:

— É muito simples, basta dar um golpe seco atrás da cabeça dele.

Diana me disse que leu isso num livro ou que alguém lhe havia dito, ela não se lembrava muito bem. Aquela também era a primeira vez que ela fazia aquilo.

Ela segurou com força um pequeno martelo que usamos normalmente para amaciar os bifes e desferiu um pequeno golpe atrás da cabeça do coelho. O martelo saltou ligeiramente sobre a densa massa de pelos brancos que recobria o que parecia ser a nuca do coelho. O coelho continuou agitado, tentando escapar com cada vez mais energia.

— Não sei por que as pessoas não gostam de comer coelho nesse país, disse a Diana, sem demonstrar nenhum abalo pelo fracasso de sua primeira tentativa. Talvez por causa da expressão "vender gato por lebre". No prato, a gente não vê a diferença entre a carne de gato, de lebre ou de coelho. Mas, dessa vez, você vai saber que não se trata do seu gatinho, porque nós matamos o coelho juntas. No momento em que ela pronunciou essas palavras, não consegui mais resistir aos esforços que o coelho fazia para escapar; suas patas traseiras ficaram livres e ele conseguiu se safar por alguns instantes, antes que Diana o capturasse pelas orelhas e golpeasse novamente seus membros superiores na bancada da cozinha. Segurando-o com força, ela continuou:

— Não acredito que seja tão comum ser enganado desse jeito. Com certeza, é muito mais difícil matar um gato. Se estivéssemos tentando matar um gato, ele já teria saltado sobre nós, com todas as unhas à mostra.

Envergonhada pela falta de atenção que poderia ter comprometido definitivamente a nossa primeira tentativa, fiz que sim com a cabeça. Esforçando-me para estar à altura, disse:

— Tudo bem, não vou largá-lo, estou segurando firme, com as duas mãos.

Então Diana me olhou:

— O problema é que você é muito pequena. Se você estivesse por cima do coelho, como eu, poderia usar o peso do seu corpo contra ele.

Enquanto dizia isso, ela trouxe para perto de mim um banquinho que conseguiu mover usando as pernas como se fossem um gancho. Fiquei surpresa de ver como ela conseguia ser tão ágil, apesar da sua grande barriga de grávida.

Durante todo o tempo, ela manteve o controle sobre a cabeça e os membros do coelho, que continuava a se agitar.
— Toma, suba em cima dele.
Eu também me apoiei sobre o coelho enquanto subia no banquinho.
— Está bom?
— Sim, assim está bem melhor. Não corro mais o risco de perdê-lo.
— Muito bem. Na verdade, acho que temos um problema de utensílio. Achei que o martelo de bater carne seria suficiente. Segure-o com força. Vou buscar uma frigideira.
Enquanto eu segurava o coelho, apertando-o contra a bancada, Diana deu-lhe o golpe fatal. Depois de alguns sobressaltos, o coelho enfim parou de se mexer.

₱

Depois, Cacho teve outra ideia. Um dia ele disse, no café da manhã:
— Se tiver uma blitz da polícia nas estradas, eles podem abrir as nossas caixas para ver os cozidos... e vão encontrar os jornais.
Eu, minha mãe e Diana nos olhamos, assustadas. Claro que o perigo era grande. Na verdade, enorme. Aonde ele queria chegar com essas afirmações, logo pela manhã?
— E se nos fizéssemos pacotes de presente? Grandes pacotes embrulhados com papéis brilhantes e laços coloridos? Não se hesita em abrir uma caixa grosseira, mas é provável que um policial hesite em abrir um presente embrulhado com carinho, sobretudo se a Diana estiver ao volante, não?
Olhamos para ela e rimos bastante. Ela também ria, divertida, balançando a cabeça à direita e à esquerda

como se estivesse representando o papel de uma jovem gentil e encantadora. Com sua grande barriga de grávida, seus belos olhos e cachos dourados, nós a imaginamos atravessar a blitz com muitos embrulhos com laços na parte de trás da caminhonete. E atrair, como bônus, o sorriso terno do policial. Depois, acenando com a cabeça na minha direção, Cacho concluiu:

— E, para os pacotes, a pequena pode nos ajudar. Você gostaria de fazer embrulhos de presente cheios de exemplares de *Evita Montonera*?

— Sim, isso vai ser muito divertido! Posso enrugar os laços como fazem nas lojas mais chiques?

— Com certeza! Você vai ver, vamos fazer pacotes muito bonitos. É um pouco como o que o Engenheiro explicou sobre o *embute* e você achou estranho, lembra? Ao invés de esconder os jornais, vamos enchê-los de laços. Em caso de blitz, estou certo de que eles não vão perceber nada.

10

Depois de o assunto ter sido abordado numa reunião em casa, fica decidido que eu irei à escola, mas a uma escola privada, a Escola San Cayetano, onde a polícia raramente aparece para conferir a identidade dos alunos. Todos acham que lá os meus documentos falsos, que acabaram de nos entregar, têm mais chances de passarem despercebidos.

São as freiras que lecionam, e exclusivamente a meninas.

Todas essas meninas juntas, é realmente de uma tristeza incrível.

O pior é na hora do recreio. A ausência dos meninos pesa, terrivelmente. É como uma placa de chumbo que nos condena ao tédio e às brincadeiras mais sem graça, as que já se conhece sempre o final.

Todas as meninas são espantosamente bem-comportadas. Separadamente, cada uma de nós tem um pouco de vida, mas quando nos encontramos no pátio da escola, é como se as nossas energias individuais se anulassem. Na hora do recreio, perambulamos em grupos, que são como manadas mornas e silenciosas. Somos bastante numerosas, mas um silêncio absoluto reina no pátio.

As irmãs também se deslocam em silêncio, em grupos de duas ou três, sem nunca olhar para nós — somos tão comportadas — ou então com os olhos sem brilho, como apagados. Como se seus olhos nos atravessassem.

Depois, em algum lugar, o sinal toca e nos reagrupamos todas por turma, duas a duas, formando fileiras muito disciplinadas de aventais brancos em frente à porta de nossa sala de aula, à frente da religiosa que faz as vezes de professora.

Não sei qual é a cor dos cabelos de Rosa — a nossa professora — porque ela usa na cabeça um véu preto bordado de branco e um longo vestido cinza, como todas as outras, aliás, mas eu a imagino loura, porque seus olhos são claros. Mas ela nunca nos olha.

Quando entramos na sala de aula, cada menina volta para o lugar que lhe foi atribuído. Permanecemos de pé, em posição ereta, os braços ao longo do corpo, até que Rosa suba no tablado e faça a mesma coisa que nós, e fica imóvel por um tempo, ao lado de sua mesa. O que ela espera? Não que se faça silêncio porque tudo é silêncio. Depois ela junta as mãos, fecha os olhos baixando ligeiramente a cabeça, como se estivesse se desculpando de rompê-lo: *"pai nosso que estais no céu..."* Todas as meninas a imitam, esforçando-se para pronunciar cada uma das sílabas que compõem a oração ao mesmo tempo que Rosa e sem que as nossas vozes impeçam de ouvir a dela. Como ela não reza muito alto, somos obrigadas a emitir pouco mais do que um murmúrio. Depois, de novo o silêncio. Ficamos todas de cabeça baixa e mãos juntas, pois sabemos que ainda não terminou. Logo, Rosa encadeia, com um fio de voz, essa voz sempre suave e monocórdica: *"Deus te salve, Maria..."* E nós a seguimos, mantendo o registro das nossas vozes quase imperceptível.

Novamente, faz-se o silêncio.

Obedecendo a um gesto de sua mão apenas esboçado, nós nos sentamos, levantando ligeiramente as cadeiras, para que esse movimento não perturbe os ouvidos de quem quer que seja. Assim, vinte e cinco cadeiras são movimentadas, sem que se faça barulho. Em San Cayetano, tudo deve se desenrolar no silêncio. Se alguém estivesse assistindo a essa cena de olhos fechados, teria pensado, sem dúvida, que nada havia acontecido na nossa pequena sala de aula.

Depois, Rosa faz um novo gesto com a mão, que parece ser a réplica perfeita do precedente: depois de ter mexido a mão em direção à janela que dá para a rua, fazendo seu punho girar lentamente nessa direção, ela mexe o punho em sentido inverso, como se buscasse apagar o seu primeiro movimento. Nós nos sentamos, todas, ao mesmo tempo, sempre de maneira dócil e silenciosa.

Sempre de pé sobre o estrado, Rosa passa para trás de sua mesa e, com as mãos postas sobre ela, põe-se a declamar as coisas, não sei bem o quê, mas ela não para de falar, olhando sempre para a frente, com seus olhos vazios.

Eu me pergunto se o véu não lhe arranha.

Depois vem um novo recreio, ainda mais longo que o anterior.

Interminável.

No caminho de volta, sempre paro na beira de uma vala. Eu tenho um pequeno frasco transparente onde prendo os girinos.

Em seguida, vou para casa comer meu lanche.

Hoje é o dia em que limpamos as armas. Tento encontrar um canto em que a mesa esteja limpa, pois ela está repleta de hastes e de esfregões cheios de óleo. Não quero sujar minha fatia de pão com doce de leite.

11

Ontem fui ver o meu pai na prisão, pela segunda vez.

Foi assim. De manhã bem cedo, eu e minha mãe saímos bem cedo da casa dos coelhos para pegar um ônibus em direção ao centro. Perto de uma praça onde eu acho que estive ontem pela primeira vez, descemos do ônibus. Num banco um pouco afastado, longe dos brinquedos que ficam no centro da praça, estavam a minha avó e o meu avô paternos. Eles trocaram apenas algumas palavras com a minha mãe, só para confirmar o horário e o local de um outro encontro, previsto para aquele mesmo dia, à noite. Depois, minha mãe foi embora, me deixando com eles, após ter dado a eles a minha carteira de identidade de antes, a verdadeira, onde está escrito o meu verdadeiro nome, a que eu tinha antes dos meus documentos falsos novos em folha.

Entramos no carro do meu avô. Devíamos esperar que não tivesse mais ninguém na praça e nas ruas do entorno, e como a essa hora da manhã não há muita gente fora de casa, não precisamos esperar tanto tempo, então, meu avô se voltou na minha direção, empurrando levemente a minha cabeça:

— Abaixe-se, e fique debaixo do cobertor que está no banco.

Ele não precisou dizer mais, eu sabia o que tinha que fazer.

Em seguida, minha avó falou comigo sem se virar para mim, que estava atrás dela, debaixo do cobertor. O som da sua voz me chegava muito baixo, como em surdina, pois não só ela falava em outra direção, como também eu, de bruços, debaixo do cobertor, segurava com toda a força a minha cabeça entre os braços. Ainda assim, conseguia distinguir alguns sons:

— *Tula... contenta...*

Não pedi mais explicações. Não sabendo onde estávamos ou para onde íamos, não mudei de posição, me esforçando para ficar tão silenciosa e imóvel quanto certamente ficavam o Engenheiro e o Operário, escondidos sob o velho cobertor, no furgãozinho de Diana.

Depois de muito tempo, percebi o motor desligar, e em seguida a minha avó me deixou sair.

— Pronto, chegamos em casa.

Precisei de um certo tempo para reconhecer aqueles lugares, completamente mergulhados na escuridão. Fiquei sentada na parte de trás, adormecida, esperando que viessem me buscar.

Minha avó desceu primeiro do carro e me abriu a porta de trás. Reconheci, então, a garagem dos meus avós.

— Está vendo, ela estava te esperando.

Era a Tula, a cachorrinha que tinham me dado há uns quatro ou cinco anos e que tinha ficado na casa dos meus avós, pois já naquela ocasião tudo era bastante complicado para nós. Ela dava voltas e voltas ao meu redor, balançando o rabo. Contente, sim. É estranho, mas ela tinha me reconhecido. Como se eu tivesse sido sempre a mesma.

☧

A sala de jantar da casa dos meus avós é bem pequena. A mesa ficava junto à parede, debaixo de uma janela que dava para o pátio.

Nós comemos em silêncio *matambre* e salada. Não me animo a falar, e eles também não.

Eles não me fazem nenhuma pergunta, nem sobre o lugar onde moro, nem sobre a escola.

Fico curiosamente aliviada.

Essa alegria da Tula, esse entusiasmo. Tão inesperados, tão tranquilizadores.

Deito-me de costas, dessa vez com os braços em cruz, e ela vem para perto de mim. Fecho os olhos, balançando a cabeça para a esquerda e para a direita, enquanto Tula lambe o meu rosto.

Saímos novamente, e eu me escondo novamente embaixo do cobertor, dessa vez um pouco menos tensa. Depois de alguns minutos, minha avó toca a minha cabeça e diz:

— Você já pode sair, estamos chegando na prisão.

Eu obedeço, mas estou muito inquieta.

— Mas a polícia vai me ver...

— Não queríamos que os vizinhos... você entende, as perguntas... Para a polícia, se eles perguntarem como você está aqui, nós diremos que alguém te deixou na nossa porta. Se alguém te perguntar alguma coisa, você vai dizer o seguinte: que você estava num lugar que você não conhece e não sabe o nome, e depois te deixaram em frente à nossa porta. Mas seria preferível que ninguém fizesse perguntas.

Compreendo que, no caso de alguém na prisão me fizer perguntas, não poderei voltar à casa dos coelhos. Acho que eu tenho medo disso. Enfim, é uma dessas coisas de que eu não estou completamente segura.

O que veio em seguida, eu também já conhecia: primeiro, os homens e as mulheres se colocam em fila, separadamente, antes da revista. Depois é a mesma pequena cabine com uma senhora que veste um terninho severo e que tem um coque, bastante apertado, plantado no alto da cabeça — será a mesma da última vez? — e que nos revista demoradamente, começando pela minha avó. Que ainda tem os seios caídos e moles, mas dessa vez estou prevenida. Então a senhora nos aperta, nos aperta alternadamente, voltando por três vezes aos seios enormes da minha avó. É verdade que eles se parecem mais com bolsas do que com seios, e que custa a crer que toda aquela massa seja só de carne.

A senhora do coque finalmente diz:

— Tudo bem. Vocês podem se vestir.

Uma outra senhora nos acompanha até um saguão, onde está o meu avô, em um banco, ao lado de outro homem. Dessa vez iremos entrando por famílias. Então uma primeira grade é aberta por um policial barrigudo, antes que sigamos por um corredor muito longo e sem janelas.

No fim desse corredor há uma outra grade e um outro policial barrigudo, muito parecido com o primeiro, de cabelos pretos e oleosos e bigodes igualmente pretos, que a gordura fez ficarem brilhantes. Somos apalpados de novo, dessa vez rapidamente, sem pedirem para nos despirmos, pois estamos à vista de todos. Me pergunto para que serve isso tudo, após a longa revista da senhora do coque.

À nossa frente há uma porta cinza metálica, com uma abertura minúscula, bem no alto, atrás de uma fileira de pequenas barras apertadas. Por trás de dois canos enormes de armas de fogo, bem mais grossas que as dos policiais barrigudos, estão postados dois militares, de um lado e de outro da porta. Elas parecem ter sido bem lubrificadas, eu estou bem em frente ao buraco negro e vejo como ele brilha. Eles permanecem imóveis, enquanto outro policial abre a porta para nos deixar passar.

Na sala, há dois bancos frente a frente e quatro militares em cada ângulo do cômodo, como aqueles que estavam em frente à porta. Há outra porta idêntica a essa pela qual entramos, precisamente na extremidade oposta.

Há algumas pessoas que parecem ter chegado antes de nós e que já estão sentadas nos bancos: um homem e uma mulher e, a uma certa distância, mas no mesmo banco, uma mulher muito jovem com um bebê rosado nos braços. O policial barrigudo, que entrou na sala conosco, nos faz sinal para sentarmos numa das pontas do banco, a um metro ou dois da moça com o bebê.

Nós esperamos, impacientes, à espera de um tilintar de chaves ou de um barulho de passos. Por muitas vezes, ouvimos pessoas se aproximando, mas elas não param.

Finalmente, é pela outra porta e não pela que passamos que nós os vemos entrar. Eles são três: meu pai e dois homens bem mais velhos. Um deles perdeu os dois dentes da frente, mais precisamente os dois de cima; a falta deles forma um buraco impossível de ignorar. Todos os três usam o mesmo uniforme azul que eu tinha visto no meu pai durante a primeira visita.

Desde que entrou, meu pai esboça um sorriso sem graça. Acho que ele está envergonhado de me ver, surpreso e inquieto, provavelmente. Ele se senta à nossa frente, exatamente onde lhe indicou outro policial barrigudo — cada prisioneiro tem o seu, que o acompanha e indica o lugar que lhe foi designado.

Minha avó se dirige ao nosso:

— A menina pode dar um beijo no pai?

Ele olha para um lado e para o outro, visivelmente sem saber o que responder. Os militares nos quatro cantos da sala permanecem imperturbáveis, o cano de suas armas ainda apontando para o seu centro. Claramente abalado e perplexo, o policial encolhe os ombros, o que a minha avó se apressa a interpretar como um assentimento de sua parte:

— O senhor disse que sim, ela diz, vá em frente!

Dou alguns passos na direção do meu pai, sem tirar os olhos do cano mais próximo, o do homem que está à minha frente. Vejo que o buraco negro chega na altura das minhas têmporas. Ergo os olhos na direção do homem, mas ele permanece imóvel, a arma ainda apontada à sua frente, sem manifestar qualquer reação ao convite da minha avó e à minha aproximação.

— Vai lá, diz a minha avó. Não tenha medo, o senhor não vê nenhum inconveniente, não é?

Mais alguns passos e eu me vejo tomada por soluços e sobressaltos inesperados, que tento controlar. O mal-estar está presente, tão imprevisível quanto poderoso: meu estômago se contrai violentamente, mas consigo dar mais alguns passos e me agarrar a uma das mangas do uniforme azul-escuro do meu pai. Já perto dele, vomito na sua orelha.

₽

E depois, a volta.

Escondo-me novamente embaixo do cobertor, não para que eu não veja para onde vamos, como o Engenheiro ou o Operário, mas porque a minha avó quer me proteger dos vizinhos e das suas perguntas, e proteger-se dessas mesmas coisas.

Brinco mais uma vez com a cachorra, que me lambe o rosto novamente. E deixamos a casa dos meus avós ao cair da noite, antes de encontrarmos a minha mãe, em algum lugar de La Plata.

A conversa entre a minha avó e a minha mãe é breve: todos tiveram muito medo. Nessas condições, é melhor que eu não volte a visitar o meu pai na prisão.

É muito, muito perigoso.

12

Eu jamais poderia imaginar tamanha tristeza nos pátios de escola sem meninos. Na San Cayetano, jamais se ouve um grito ou uma briga. As meninas se locomovem em estado de torpor, sonâmbulas, se deixando levar pelo conglomerado amorfo, pelo sinistro amontoado de guarda-pós brancos que as rodeia.

Hoje, no entanto, pouco antes de terminar o recreio, aconteceu uma coisa, um acontecimento que perturbou esses fluxos coletivos cotidianos. Duas meninas deixaram sua nebulosa e, sem seguir o movimento do grupo, se isolaram num canto do pátio. A mais nova se ajoelhou diante da outra, uma menina loira, de cabelos longos, que devia ter nove ou dez anos.

Então, a mais velha tirou um lenço de pano de um dos bolsos de sua mochila e cobriu a cabeça, olhando fixo para a frente, como que ignorando a menor, que, por sua vez, juntou imediatamente as mãos, como faz Rosa, todos os dias, no momento da oração.

Uma irmã cruzou correndo o pátio e veio até elas:

— Mas o que vocês estão fazendo, o que deu em vocês?

— Nós estamos brincando de Virgem Maria, respondeu a pequena, ainda de joelhos. A Leonor é a Virgem Maria, então eu me ajoelho diante da Virgem Maria.

Ela parecia bastante orgulhosa de suas explicações, mas a irmã arrancou com raiva o lenço branco que estava na cabeça de Leonor e levantou à força a outra criança, puxando-a pelo braço violentamente. A pequena, então, se pôs a gritar:

— Mas é a Virgem Maria!

A irmã levou a mão contra a bochecha da pequena, num tapa que ressoou bem alto no pátio, normalmente silencioso.

— Isso é muito grave, muito grave! Ninguém tem o direito de brincar de Virgem Maria! Ninguém, você entendeu?

Então a diretora, uma freira bem velhinha e enrugada, apareceu no pátio, acompanhada de outra irmã. Elas se postaram em círculo e discutiram entre si, agitadamente.

Em seguida, a diretora tomou o lenço de Leonor e o colocou no bolso, como prova do crime.

13

La Plata, 24 de março de 1976
— Aí está, está feito.
Foi Diana quem me disse isso, tão logo me levantei. Pra dizer a verdade, esperávamos por isso há muito tempo.
Alguns dias antes, a imprensa anunciou que era iminente. "É iminente o final. Está tudo dito.", chegou a ser a manchete de um jornal.
Acho que as pessoas com quem vivo se diziam a mesma coisa, ainda que essa frase não tenha tido para elas, é claro, o mesmo sentido. Eu tinha pressa de saber qual das três forças armadas tomaria a frente, qual dos candidatos a ditador teria a última palavra.
— De fato, eles são três: Videla, Massera e Agosti. Cada um deles representa uma força, o Exército, a Marinha e a Aeronáutica. Eles dividiram as coisas assim.
Já se sabia que Isabel Péron não controlava mais nada, que os militares a manipulavam faz tempo, que eles estavam por trás das mortes e dos desaparecimentos. E que Isabel não passava de um ridículo fantoche.
O bruxo López Rega havia fugido há muito tempo. Isabel havia ficado, mas parecia mais do que perdida. Dizia-se mesmo que o bruxo, antes de partir, havia tirado os últimos neurônios que lhe restavam. Ele foi como um sinistro sanguessuga para Isabel, que queria tanto se parecer com a Evita, mas que teve de se contentar em ser apenas

sua grotesca caricatura. Uma imitadora fracassada e digna de pena. Diana dizia isso, e todos estavam de acordo com ela: depois de sua morte, Péron havia deixado o país nas mãos de uma mulherzinha lamentável, manipulada por assassinos. É por isso que estávamos aqui, e que os Montoneros tiveram que pegar em armas antes do golpe de Estado. Pelo menos agora as coisas estavam claras.

A lamentável atuação de Isabel acabou, pois, na noite do 23 para o 24 de março de 1976, quando o helicóptero que deveria conduzi-la à residência presidencial de Olivos a deixou na prisão: o piloto que lhe fazia as vezes de motorista estava ligado aos promotores do golpe de Estado. *La Presidenta* foi posta de lado e ridicularizada ao máximo.

— Você está vendo? Está tudo acabado para ela, assim, sem que os militares tenham precisado dar um tiro. Fazia muito tempo que não exercia mais o poder. Era tudo uma farsa.

Com esta nova junta, os militares não fizeram mais do que tomar as rédeas oficialmente. O golpe de Estado de 24 de março, longe de uma surpresa, na verdade esclarecia a situação. Era isso que apareceria no jornal.

— Temo que para nós não seja assim tão simples, disse Diana, as mãos postas sobre a barriga.

Em seguida, ela me mostrou uma foto que havia acabado de ser publicada:

— Olhe aqui. O mais poderoso e mais perigoso é o que está no meio, com seus bigodões pretos, o Videla. Mas os outros dois também não são anjos.

O projeto dos militares é endireitar o país. "Diante de um terrível vazio de poder," Videla, Massera e Agosti se sentiram "na obrigação, fruto de serenas meditações", de "erradicar definitivamente os vícios que afetam o país." Foi isso que eles declararam.

"Com a ajuda de Deus, eles esperam conseguir endireitar a nação." Eles chegaram a dizer até isso: "esse trabalho será conduzido com uma firmeza absoluta e com a vocação de servir."

Não se esperava menos.

14

O Engenheiro veio ver se tudo corria bem.

Sentado ao meu lado, aperta alguns parafusos do controle remoto que serve para acionar *el embute*. Como suas mãos estão sujas de um óleo denso e escuro, para se levantar, empurra a cadeira com as nádegas. Sem querer, ele deixa cair no chão o casaco que, ao voltar da escola, eu havia colocado atrás da cadeira onde ele estava sentado.

De repente, ele fica pálido e me pergunta:

— O que está escrito na lapela do teu casaco?

Eu o recolho. Não tinha percebido que havia alguma coisa escrita à caneta, na parte de dentro, na etiqueta. Li a inscrição, e foi a minha vez de empalidecer.

— É o nome do meu tio. Foi a minha avó que me deu. O casaco ficou muito pequeno pra ele...

O Engenheiro começa a gritar furiosamente:

— Porra, essa garota vai fazer com que todos nós sejamos mortos! A organização se mata para fazer documentos falsos que sejam confiáveis e ela vai pra escola com um casaco onde se pode ler o nome do tio. O nome *verdadeiro* do tio! Vocês só fazem besteira!

— Não fique nervoso, diz a Diana, a pequena sabe muito bem o que está acontecendo, ela toma bastante cuidado...

O Engenheiro vai ficando cada vez mais furioso. Com a expressão confusa, ele grita, por cima da minha cabeça:

— Ela sabe o que está acontecendo? Você está debochando de mim? Se ela soubesse o que está acontecendo, se ela compreendesse ao menos uma pequena parte do que se passa neste país ela não teria cometido um erro desses! Porra, vocês bem que poderiam olhar as coisas dela, já que ela é incapaz disso!

Depois, voltando-se para mim:

— O que você teria dito se uma irmã tivesse te perguntado o porquê de estar escrito no seu casaco um nome que não é o teu? Hein? O que você teria dito?

Não conseguia abrir a boca. Olhava para o Engenheiro, aterrorizada. Gostaria de não olhá-lo assim, mas não conseguia desviar a cabeça. Estava como que presa ao seu olhar. Queria que ele se acalmasse, mas havia entendido que o que eu fiz era muito grave. Definitivamente, não estou à altura.

— Que explicação você teria dado, hein? Anda, responde! O que você teria dito às irmãs de San Cayetano?

Do outro lado do cômodo, percebo que Diana me observa. Ela e o Engenheiro esperam alguma coisa. Sei que é preciso que eu dê a resposta certa, que lhes demonstre que entendi, que caso haja algum problema eu vou saber me virar. O Engenheiro grita:

— O que você teria dito? Responde, merda!

Há uma resposta certa para essa pergunta, tenho certeza. Como todos os problemas, este também tem uma solução. Mas não consigo mais pensar. Sinto um enorme vazio na minha cabeça. Não sei mais de nada.

Depois de um longo silêncio, me escuto murmurar:

— Bem... não sei... não sei... não sei de nada.

O Engenheiro, ainda com as mãos suspensas, os dedos afastados, para não deixar penetrar ainda mais a graxa, dá um chute violento na cadeira, que cai para trás. Depois, abre a porta da cozinha com outro chute, para não sujar de graxa a maçaneta.

— Chega, já é demais! Estamos em guerra, porra, em guerra!

Sim, com certeza eu não estou à altura de tudo isso.

Nessa mesma noite, tomei uma decisão: não vou mais a San Cayetano.

15

Esta manhã, a algumas ruas da nossa casa, um bairro inteiro foi fechado para que a polícia possa entrar nas casas do perímetro escolhido e revistá-las a fundo, uma a uma. A duração dessas ações é totalmente imprevisível. Nunca se sabe, tampouco, se eles ficarão apenas no bairro fechado inicialmente ou se vão continuar no bairro vizinho. A menos que sigam para mais longe.

Aparentemente tivemos sorte, pois não estamos no setor atingido, que fica um pouco mais próximo do centro da cidade. De fato, é entre o centro e a nossa casa que a polícia vira tudo de cabeça para baixo, mas ninguém pode assegurar que eles não vão chegar até a casa dos coelhos.

César veio nos avisar, e parte logo em seguida, por precaução. O foco da polícia está um pouco longe daqui, mas nunca se sabe, então é melhor que fiquemos sozinhas, para não colocar outras pessoas em risco, no caso de haver um problema. Cacho saiu esta manhã, como todos os dias, para Buenos Aires. O Operário não veio hoje. Quanto ao Engenheiro, não o vemos mais.

Em casa, só estamos eu, Diana, grávida de sete meses, e minha mãe, atrás do último muro falso.

Tinha me esquecido dos coelhos. Dos rolos de papel de presente e das fitas. Da gráfica e das centenas de exemplares do jornal proibido. Também tinha me esquecido das armas para nos defender.

E do gatinho agressivo.
Temos muito medo.
Depois de refletir um momento, Diana decide que a nossa maneira de estarmos prontas será esconder o máximo de coisas possível e esquecer as armas. Não temos outra escolha, na verdade.
Recolhemos em alguns minutos tudo aquilo que nos parece comprometedor e o colocamos, desordenadamente, no *embute*. Mulheres, coelhos brancos e um esconderijo bem camuflado por sua evidência excessiva. Talvez tenha chegado o momento de colocar tudo isso à prova. De verdade.
Para que não sejamos pegas desprevenidas, Diana me pede para comprar pão e observar se há alguma movimentação estranha, carros de polícia ou algum carro diferente, com muitas pessoas dentro.
— Se você vir muitos homens dentro de um carro, mesmo que eles não estejam de uniforme, venha nos avisar. Se eles não estiverem fardados e forem eles, é porque a situação é mesmo muito grave.
Não vejo nada de suspeito do lado de fora.
Na calçada em frente, uma garotinha pula corda. Um gato amarelo atravessa a rua.
Vou, então, buscar o pão.
Na padaria, uma velha senhora compra esses bolinhos escuros que parecem ter sido queimados porque alguém os esqueceu no forno. Na verdade, eles não estão queimados. É o açúcar mascavo que faz isso, e essa cor é de propósito. A senhora pede à vendedora, com a voz trêmula, um quilo de *tortillas negras*.
Depois chega a minha vez e eu peço pão, pão do qual não temos necessidade alguma. Como previsto.
Quando retorno, a garotinha não está mais lá.

Agora, só vemos uma mulher robusta, de vestido florido, varrendo em frente ao seu portão. Não percebo sinal algum que possa nos alertar.

Mas não quero ir para casa logo.

Não quero.

Então, tenho a ideia de ir ao terreno baldio na calçada da frente, a alguns metros da nossa casa, colher algumas folhas e flores silvestres para nossos coelhos brancos.

Num dos cantos do terreno, há um pequeno muro ainda de pé, cheio de buracos de onde saem alguns tufos de grama. Sobre o chão, vemos alguns entulhos, rodeados de grama alta. Num canto, reconheço uns brotos de funcho selvagem que Diana, certa vez, havia me mostrado. Tento pegar alguns, mas puxo muito forte e me vejo com a planta inteira nas mãos, arrancada do solo com raízes e tudo. Procuro umas florezinhas azuis com as quais eu e Diana tínhamos feito um belo buquê da última vez.

Não há mais flores azuis.

Então, volto para casa.

— Não vi nada, digo à Diana.

16

Quase não saio mais, a não ser quando Diana me pede para fazer compras no bairro.

Sobre a mesa da cozinha, passamos horas empacotando centenas de exemplares de *Evita Montonera* num papel novo, vermelho e dourado, que o Cacho trouxe de Buenos Aires. Diana corta o papel enquanto eu friso as fitas coloridas. Acho isso mais divertido do que recortar. Tento fazer como se fossem flores grandes, mas a Diana, na maioria das vezes, contém os meus desejos de ornamentação.

— Está bonito, mas não coloque tanto. Já estamos no terceiro rolo de fita vermelha. Olha a pilha de jornais que ainda é preciso empacotar... Pare com a fita, agora. Cole as etiquetas com as dedicatórias, se você não quiser mais cortar papel.

Minha mãe não põe mais o nariz para fora. A não ser na hora das refeições, eu praticamente não cruzo mais com ela dentro de casa. Desde o golpe de Estado, a rotativa *offset* que está escondida atrás das gaiolas dos coelhos imprime o maior número possível de jornais, e minha mãe não tem mais um momento de descanso. Eu passo a maior parte do tempo fazendo os pacotes com a Diana e conversando com ela sobre os militares e a guerra. E a criança que vai nascer em breve.

Quando tocaram a campainha, Diana também teve medo. Não estávamos esperando por ninguém. Cacho voltava bem mais tarde de Buenos Aires e César não viria naquele dia.

Ao escutar a campainha, aproximei-me dela e a segui, a poucos passos de distância, sem coragem de ficar sozinha na cozinha. Eu tinha visto muito bem o quanto ela empalideceu. Sabia que a qualquer momento os militares poderiam aparecer e que as armas que estavam no *embute* foram colocadas lá para o dia em que isso acontecesse, se não conseguíssemos fingir.

Diana afastou ligeiramente as cortinas, na esperança de ver quem poderia ter tocado a campainha.

— Acho que é pra você, ela disse, aparentemente aliviada.

E, então, se dirigiu para a porta de entrada.

Por um instante, meu medo se tornou ainda maior. Agarrei-me ao seu vestido, com as duas mãos, me escondendo atrás dela, caminhando no mesmo ritmo que Diana. Não sei se era para ficar ainda mais perto dela. Talvez tenha desejado que ela me abraçasse. Acho que gostaria, sobretudo, de me colar a ela, de fundir-me no seu corpo a ponto de desaparecer. Depois, me convenci de que se era só para mim, não devia ser aquilo que temíamos. Ainda não. Não, não devia ser isso.

— Estava me perguntando se a menina não poderia vir um pouco em casa. Ela está?

Então apareci, dando um passo para o lado. É que eu reconheci a voz da vizinha. Sempre tão fresca, sempre tão loura.

— Você gostaria de vir?

Eu me sentia incapaz de dizer uma palavra. Felizmente, Diana respondeu no meu lugar:

— Claro que ela gostaria. Você gostaria de ir, não é?

Ainda em silêncio, fiz que sim com a cabeça. Gostaria, sim, gostaria imensamente. Ela não podia imaginar o quanto.

Depois, os momentos de alívio foram se tornando raros. O medo estava em todos os lugares. Principalmente na nossa casa.

Eu não acreditava mais que os coelhos brancos nos protegeriam. Uma piada de mau gosto. Tanto quanto a das fitas.

Toda semana, César nos trazia novidades que nem sempre saíam nos jornais. Os Montoneros eram assassinados todos os dias; grupos inteiros desapareciam. Porque se, às vezes, os matavam no meio da rua, o mais frequente é que eles desaparecessem. Sumissem.

Quando Diana me propôs ir com ela no seu furgãozinho cinza entregar alguns jornais, senti uma grande alegria e, principalmente, um imenso alívio. Uma armadilha, nossa casa era isso. Quando penso na minha mãe, emparedada atrás dos coelhos, fazendo a rotativa funcionar... Mas nesse dia, felizmente, eu e Diana saímos um pouco.

Depois de deixar um bonito embrulho de presente no banco traseiro, com muitas fitas vermelhas em torno de uma etiqueta desejando um enorme "Felicidades!", Diana ligou o furgãozinho cinza e partimos em direção ao centro da cidade.

Como a maioria dos encontros, este ocorreu numa praça em La Plata, onde os encontros podem passar despercebidos. Uma mulher, também acompanhada de uma menininha mais ou menos da mesma idade que eu, estava nos esperando. Eu nunca a havia visto, mas sorri para ela e ela imediatamente me devolveu o sorriso. Ela estava, provavelmente, numa situação semelhante à minha. Em todo caso, só o seu olhar me bastou para perceber que ela também vivia com medo. E o medo ia ser o mesmo depois, eu sabia, por todo o tempo que aquilo durasse, mas como me confortou ver aquela menina! Foi como se, aquele dia, nós duas tivéssemos carregado juntas todo o peso do medo. Inevitavelmente, tudo me pareceu um pouco menos pesado.

Depois de termos deixado o presente com a mulher, entramos no carro novamente.

— Você viu essa mulher? Ela foi torturada, mas não falou. Fizeram coisas horríveis com ela, sabe, coisas que não podemos dizer a uma menina de sua idade. Mas ela não abriu a boca. Ela suportou tudo sem dizer uma palavra.

Não procurei saber o que eram "essas coisas". Também sei me calar.

E não fiz mais do que imaginar.

E imaginei coisas que doem muito, muito, com grandes pregos enferrujados ou um monte de faquinhas aí dentro, bem no fundo. E nela, que não abriu a boca. Então, disse a mim mesma que aquilo era ser uma mulher forte. Sim, era isso.

17

Quanto tempo faz que eu não vou à escola? Três, quatro meses, talvez. Por minha culpa, ficou impossível voltar para a escola das freiras. Aliás, não se fala mais no assunto.

Estou obcecada pelo medo de ficar burra como a Presidenta, que no final já não entendia mais nada. Ela que, no fim, teve o cérebro esvaziado. Foi o Bruxo que sugou todos os seus neurônios, por causa dos rituais de magia que deveriam aumentar o seu carisma e ajudá-la a tomar o lugar de Evita no coração dos argentinos.

Não há nenhum sanguessuga como esse ao meu lado, mas bem sei que deveria estar aprendendo coisas novas e que todos esses dias sem escola me afastam mais e mais completamente das outras crianças, e do que acontece lá fora. Já não lembro mais nada das lições da irmã Rosa na San Cayetano. Mas agora que não vou mais à escola, tenho a impressão de que elas me fazem falta. Até o pátio silencioso e as meninas bem-comportadas me fazem falta.

Então, à noite, depois que terminamos os pacotes, de vez em quando eu pego meu caderno da escola das freiras, onde eu tinha copiado algumas lições. Tento retomá-las e prosseguir à minha maneira, mas não sei bem como.

Às vezes, Diana faz o papel de minha professora. Um pouco antes de começar a preparar o jantar, ela inventa alguns exercícios que eu tenho que resolver na mesa da cozinha, antes de colocar os pratos e talheres. Na maioria das vezes, ela me passa exercícios de Matemática.

O que eu mais gosto é quando ela inventa problemas que formam pequenos pedaços de histórias, como daquela vez em que os habitantes de um povoado deveriam dividir um saco de farinha de 250 quilos, que eles fariam de forma igualitária, 5 quilos por adulto e 2,5 quilos por criança. Ao mesmo tempo, eles queriam guardar um pouco de farinha para a escola da cidade, 30 ou 40 quilos, já não sei mais. Então eu precisava calcular quantos adultos e quantas crianças viviam no povoado, sabendo que havia 1,5 mais crianças do que adultos.

Para terminar, a Diana me pediu para ilustrar o problema usando lápis de diversas cores.

☧

Um dia, disse à Diana que também queria inventar exercícios, como ela fazia com os seus problemas de Matemática, e lhe perguntei se achava uma boa ideia que eu inventasse palavras cruzadas. Ela me disse:

— Palavras cruzadas? Sim, pode ser um bom treinamento. Está bom, vai lá, eu as corrigirei.

Queria fazer uma surpresa para ela, imaginando palavras cruzadas que falassem um pouco do que nos acontecia.

Foi realmente estranho fazê-las no caderno que me compraram para que eu fosse à San Cayetano, onde eu devia esconder tudo e não dizer nada, mas sabia que isso não tinha mais importância, pois, de todo jeito, não voltaria mais para lá. Tinha certeza de que agora esse caderno não sairia mais de casa. Aqui estão as palavras cruzadas que eu imaginei:

Horizontais:
1. Do verbo ir: *vá*
2. Imitadora fracassada e odiada: *Isabel*
3. Do verbo dar: *dá*
4. Pátria ou: *morte*

Verticais:
1. Assassino: *Videla*
2. Casualidade: *assar*
3. Literatura, música: *arte*

Estava com uma grade embrionária e bastante imperfeita, cheia de buracos brancos, ou com muitas casas em preto. E, além do mais, não sabia bem como continuar. A essa altura, já estava em pânico.

Vendo que eu não não escrevia mais nada há alguns minutos, Diana se aproximou de mim para olhar por cima dos meus ombros o que eu havia feito. Primeiro, ela sorriu.

Fiquei muito contente; ainda que tivesse dificuldade de continuar, não havia fracassado completamente. Depois, ela fez o seu papel de professora:

— Aqui, você cometeu um erro de ortografia. *Assar*, escrito assim, é um verbo no infinitivo. Quer dizer cozer, ou cozinhar; é daí que vem a palavra assado, que também se escreve com s. A palavra em que você pensou é o substantivo comum que tem o sentido "de ocasião" ou "acontecimento imprevisível". Mas ela se escreve com um z.

Minha grade, que já era bastante pobre, ainda por cima tinha um erro de ortografia...

Azar: a segunda palavra na vertical estava bem colocada, porque ela realmente estava ali ao acaso. Foram as outras que eu escolhi para fazer Diana rir, sobretudo a quarta palavra da horizontal, que recuperava o *slogan* que sempre terminava os artigos mais importantes do jornal *Evita Montonera* ou as declarações de Firmenich, e que eu vi escritas mais de uma vez pelos muros da cidade, quando ainda pegava ônibus. Eu até me lembro de uma vez, há muito tempo, antes de o meu pai ir para a prisão, eu acho, em que nós vimos escrito num muro: PÁTRIA OU MU. Não sei mais com quem eu estava, acho que com uma das minhas tias. O que eu me lembro bem é que a pessoa que estava comigo me disse: "Olha, é muito engraçado, isso foi um militante montonero que foi surpreendido antes de terminar a pichação. No fim, talvez assim esteja até melhor, em todo o caso dá menos medo: se a gente não cuidar da Argentina, vamos todos virar gado: muuuuu!"

Isso me fez rir bastante, é por isso que eu me lembro bem desse *slogan* PÁTRIA OU MUUUU! Pessoalmente, preferia esse slogan, mas a Diana não ia entender, pois com certeza ela não viu aquela pichação inacabada.

De qualquer forma, como a primeira ou a terceira palavra na horizontal, o *azar* se encontrava lá sem que eu tivesse realmente escolhido, apenas para preencher algumas casas suplementares, para que isso se parecesse um pouco mais com as palavras cruzadas.

Mas quando a Diana apontou o erro que eu havia cometido, fui imediatamente convencida de que a palavra devia permanecer, que era preciso lhe dar uma chance.

Para evitar que a grade ficasse desequilibrada e, além do mais, toda errada, optei por corrigir a segunda das minhas definições horizontais:

Horizontais: imitadora fracassada e odiada (com um erro de ortografia): Izabel.

18

Lembro-me de várias reuniões que aconteceram por esses dias na casa, sempre presididas por César, mas subitamente mais frequentes que de costume.

Foi durante uma dessas reuniões que surgiu um novo tema: a nossa partida.

O que aconteceu é que minha mãe havia conseguido contactar seu pai, o advogado que defendia traficantes e contrabandistas. Apavorado com o que se passava, com as mortes e desaparecimentos cada dia mais numerosos, ele se dizia disposto a tudo para que nós deixássemos a Argentina.

— Sim, mas teu pai não é solidário. Ele quer doar dinheiro para a Organização?

Eu continuo a servir mate, menos para César. Como ele toma mate com açúcar e todos os outros o preferem amargo, eu sempre o sirvo por último, pois depois que ele coloca açúcar o mate não serve mais para os outros, e é preciso começar tudo de novo.

— Ele quer que a gente vá embora, eu e a menina. Ele não quer, de jeito nenhum, ajudar a Organização. Ele é peronista, mas peronista da velha guarda, mais tradicional e bastante à direita. Em todo caso, ele não é um *gorila*, nem apoia os militares.

Continuo servindo o mate em silêncio, mas não perco uma palavra da conversa e estou bastante aliviada com o que acabo de escutar. Gosto muito dele, do jeito que ele for, mas seria difícil para mim ter um avô *gorila*... Minha mãe continua:

— Minha saída pode ser útil... eu posso ajudar do exterior. Há muitos militantes que já partiram, não? É importante denunciar na Europa o que está acontecendo por aqui.

— É verdade que muitos militantes já partiram. Mas não os militantes de base, apenas os chefes, a direção.

Faz-se um silêncio desconfortável. Perturbador.

É verdade o que ele disse?

Os militantes de base estão sendo mortos enquanto os chefes buscam refúgio no exterior?

César parece ter se arrependido do que acaba de dizer. Parece tomar consciência de tudo o que a sua resposta poderia sugerir.

— E depois precisamos que sua filha explique como fez para ficar unha e carne da loura incrível que vocês têm como vizinha. No final das contas, foi ela a única a conviver tão de perto com a loura...

Todo mundo cai na gargalhada.

Sem muita convicção.

℘

Quando o assunto foi abordado pela terceira ou quarta vez, a decisão estava tomada. Para dizer a verdade, não sei mais quantas vezes o assunto apareceu, talvez tenham sido necessárias mais reuniões, mas eu me lembro muito bem que um dia o César anunciou as coisas assim:

— Nós aceitamos que você parta com a sua filha. Mas nós não faremos nada para te ajudar. A organização não vai te dar dinheiro, como fizemos com os membros da direção. Nem nenhum outro tipo de ajuda. Se você for embora, te daremos cobertura, mas se der alguma merda, você vai se virar sozinha.

Então me aproximei de César, com o mate e a chaleira nas mãos:

— Vou trocar *la yerba* daqui a pouco. Você quer que eu te prepare o mate com açúcar?

— Sim, você é gentil...

Fez-se um silêncio envergonhado.

Ele bebeu o mate lentamente, marcando várias pausas, até se ouvir o leve assobio tão característico da *bambilla* quando não há mais água na cuia. Por fim, baixando a voz e olhando para o chão, ele disse:

— Os nossos estão morrendo todos os dias. Eles estão nos massacrando. Ainda podemos lutar, temos que acreditar nisso, mas... eu não vou te impedir de partir se você tem a oportunidade... é isso.

Depois de um longo suspiro — era como se ele tivesse ido buscar a sua respiração muito longe, muito profundamente — continuou:

— Vamos falar das modalidades agora. É melhor que a pequena deixe o cômodo.

— Eu te sirvo mais um pouco de mate?

— Não, está bom, posso me virar sozinho, ele diz, com um sorriso que descontrai o clima.

₱

Foi assim que nós partimos.

Minha mãe conseguiu deixar o país graças a um desses homens que meu avô conhecia bem e para quem a fronteira entre a Argentina, o Paraguai e o Brasil, nesse ponto em que os três países se encontram, não era nenhum segredo:

era a sua maneira de agradecer ao meu avô por um serviço que ele lhe havia feito, muito tempo atrás... Assim, minha mãe pôde deixar a Argentina e depois a América Latina para encontrar refúgio na França. Eu, no entanto, chegaria muito depois. Minha mãe não teve escolha, ela foi obrigada a deixar o país clandestinamente, mas meu avô queria para mim uma partida dentro da legalidade. Com o meu pai na prisão e a minha mãe foragida, foi tudo muito demorado e difícil.

Na casa dos meus avós, conseguimos manter a banheira nova, mas ainda tive tempo de ver desaparecer um cinzeiro e algumas caixas de música... Pudemos comprovar, no entanto, que alguns clientes do meu avô também sabiam retribuir os seus favores à altura, quando necessário. De tirar o chapéu! Pouco importam os cinzeiros e as bonecas dançantes!

Curiosamente, não me lembro de como foi a despedida de Diana e Cacho. O clima do país não era exatamente de festa, mas será que aproveitamos para comer um coelho? Sem dúvida.

Diana, disso eu me lembro, estava prestes a dar à luz. Eu ainda me vejo lhe dizendo como estava triste de partir antes do nascimento do bebê. Mais tarde, soube que ela e o Cacho tinham tido uma menina, Clara Anahí, nascida em 12 de agosto de 1976.

Quanto ao que se passou após a nossa partida, as informações me chegaram por fragmentos, a conta-gotas, ao longo dos anos e de forma bastante confusa.

Muitos anos mais tarde, bem depois do retorno da democracia, meu pai, que já estava livre há muito tempo — ele fora solto logo depois da guerra das Malvinas, como muitos presos políticos, liberados no momento em que a ditadura começava a afundar —, me deu um livro, dizendo:

"Toma, aí dentro eles falam da casa onde você viveu com sua mãe."

E não disse mais nada. É que nos custa muito falar de tudo aquilo.

O livro em questão se chama *Los del 73, Memoria Montonera*. Trata-se do testemunho de dois antigos militantes, Gonzalo Leonidas Chaves e Jorge Omar Lewinger. Eu procurei o trecho ao qual meu pai havia feito alusão quando me deu o livro; foi apenas nas últimas páginas da obra que eu me deparei com essas linhas, que eu traduzo aqui:

> *Soube que houve um enfrentamento em La Plata, então saí para comprar o jornal. Em La Gaceta, de 25 de novembro de 1976, pude ler a seguinte informação: "Num enfrentamento que ocorreu ontem, pouco antes de 13h40, quando as forças de segurança cercaram os quarteirões das casas situadas entre as ruas 29, 30, 55 e 56, pudemos constatar que a atenção da polícia estava concentrada em uma casa situada na rua 30, entre 55 e 56. Na fachada dessa casa podia-se ler: Daniel Mariani, licenciado em economia. Pouco antes de recorrer ao morteiro que calou a resistência, o comandante Carlos Suarez Mason, do 1º Corpo do Exército, juntou-se ao combate, assim como o comandante da 10ª Brigada de Infantaria, o coronel Adolfo Siggwald, bem como o coronel Juan Ramón Camps, titular da Polícia Provincial."*

Os tiros cessaram por volta de 16h55. Quando a polícia entrou na casa, encontraram sete corpos: os de Roberto César Porfirio, Juan Carlos Peiris, Eduardo Mendiburu Eliçabe e Diana Esmeralda Teruggi. Os três outros, completamente carbonizados, não puderam ser identificados.

Fora o de Diana, todos esses nomes me são desconhecidos. Ficaria sabendo mais tarde que Roberto César Porfirio havia nos substituído no pequeno cômodo dos fundos: sua mulher havia sido assassinada por um comando paramilitar e ele precisava se esconder com a sua filha. Por sorte, naquele dia, a criança estava na casa dos avós.

Imagino que as outras pessoas mortas durante o assalto estivessem lá para uma reunião. Nesse mês de novembro, a situação dos Montoneros tinha, de todo modo, mudado bastante: todos os dias, membros do grupo eram assassinados ou sequestrados, para nunca mais reaparecerem. A "guerra suja" havia entrado numa nova fase.

O artigo, reproduzido por Gonzalo Leonidas Chaves, não menciona o bebê de Diana, Clara Anahí Mariani, que, no entanto, estava com a sua mãe no momento do ataque. Como em todos os dias, seu pai havia ido trabalhar em Buenos Aires, o que lhe valeu mais alguns meses de vida: Cacho foi morto pelas forças militares oito meses depois do ataque à casa dos coelhos, quando entrava numa outra casa de La Plata, situada na rua 35, esquina com a rua 132.

₱

Alguns meses depois da leitura do livro *Los del 73*, tive a oportunidade de entrar em contato com Chicha Mariani, mãe de Daniel — Cacho para mim. Esse encontro aconteceu graças a um conjunto de circunstâncias que ainda me encanta: um jantar inusitado com a mãe de um amigo que evocou o nome de Chicha Mariani ao acaso, ignorando que eu havia vivido na casa dos coelhos e a que ponto tudo aquilo ainda era presente para mim. Enfim, um acaso prodigioso. Pouco tempo depois de uma troca de cartas com ela, voei para a Argentina.

₱

Na companhia de Chicha, muitos anos depois, em La Plata, pude rever o que sobrou da casa dos coelhos. Hoje em dia, uma associação toma conta e faz dela um lugar de memória. Chicha está no comando.

No local, ainda é possível distinguir o lugar da gráfica clandestina. Uma placa foi colocada no local, explicando para que servia esse espaço estranho e estreito, encerrado entre dois muros, em grande parte destruídos. Mas a palavra *embute* não aparece, nem mesmo entre aspas.

Sim, acho que o termo realmente desapareceu.

O ataque foi de uma violência inaudita, isso é visível.

Não há palavras que definam a emoção que me invadiu quando descobri esses lugares que carregam todas as marcas de morte e destruição.

Um tiro mortal perfurou uma dupla abertura. Ele atingiu a fachada antes de abrir um buraco idêntico no muro que separava o quarto de Diana e Cacho da cozinha.

Ele literalmente perfurou a casa.

O furgãozinho ainda está na garagem: é uma carcaça enferrujada e crivada de balas.

O teto foi em grande parte incendiado. Na parte de trás da casa, onde ficavam a gráfica e os coelhos, restam apenas alguns fragmentos do que era esse lugar, há quase trinta anos. Tudo são apenas ruínas e escombros.

Queria rever a casa. Queria, sobretudo, falar com Chicha e tentar saber mais, o máximo possível.

— E a vizinha? A mulher loura que morava ao lado? Ela ainda está aqui?

— A mulher da casa ao lado ficou bastante abalada pelos acontecimentos. Você sabe, havia militares com armas pesadas atirando do seu telhado. Ela passou a ter pesadelos terríveis. Não suportou mais viver aqui. Deixou o bairro pouco tempo depois.

— E o bebê de Diana?
— Os vizinhos dizem ter ouvido um bebê chorar durante o enfrentamento. É certo, o bebê estava lá. Onde ele poderia estar? As pessoas que estavam na casa foram visivelmente surpreendidas pelo ataque, e Diana não teve tempo de retirar a minha neta. Mas o seu corpo não foi encontrado nos escombros. Estou convencida de que Clara Anahí sobreviveu e que, como tantas outras crianças, foi levada pelos militares.
— O ataque foi violento...
— Sim, de extrema violência. Circulam muitas hipóteses sobre a maneira como a Diana conseguiu proteger o bebê dos tiros de armas pesadas e das bombas incendiárias que foram lançadas contra os militantes montoneros. Uns dizem que Clara Anahí teria sido escondida pela sua mãe embaixo do colchão, no fundo da banheira do pequeno banheiro. De qualquer maneira, ela sobreviveu. Eu não tenho nenhuma dúvida.

Sabia que Chicha Mariani era uma pessoa excepcional, mas quanto mais eu a observo, mais a sua força e sua coragem me impressionam. Essa mulher que perdeu, sob a ditadura, o filho e a nora, continua a procurar a sua neta desaparecida, Clara Anahí, sem dúvida entregue a uma família próxima ao regime e que não conseguia ter filhos. Foi assim com centenas de outros. Alguns deles foram encontrados. Outros ainda são procurados pelas famílias: é o caso de Clara Anahí. Em alguns meses, ela terá trinta anos.

Há uma pergunta que não ouso fazer à mãe de Cacho. Uma pergunta que me obceca há muitos anos e para a qual não encontrei resposta no livro de Chaves. Tentei formulá-la, de forma desajeitada. Chicha adivinhou o que me inquietava:

— Você se pergunta sobre quem os traiu?

Sim, é exatamente o que eu me perguntava.

A organização dos Montoneros tomava precauções enormes. Ora, era evidente que o ataque contra a casa tinha sido preparado minuciosamente. O tamanho do destacamento militar, os militares de alta patente que haviam se deslocado para a operação, tudo levava a pensar que eles tinham informações muito precisas sobre o que acontecia lá e sobre a importância da tomada do local.

— Foi César? perguntei.

— Quem era César?

— O responsável pela rede...

— Não, não foi ele. Não o conheço sob esse nome, mas acho que a pessoa a que você se refere foi morta alguns dias mais tarde, em outro lugar de La Plata.

Em seguida, depois de um longo silêncio:

— Também procuramos por muito tempo a resposta. Não conhecemos o seu nome exato, mas quem possibilitou aos militares o reconhecimento da casa foi o responsável pela concepção da gráfica.

— O Engenheiro! Mas não é possível. Ele vinha sempre escondido debaixo de uma coberta, não podia saber onde ficava a casa. Sabia apenas que ficava em algum lugar de La Plata...

— Talvez não soubesse onde ela ficava, mas a identificou sem problemas. Ele foi preso e se disse disposto a colaborar. Ele descreveu o lugar, insistiu sobre sua importância estratégica: era o coração da imprensa montonera...

— Sim, mas...

— Eles sobrevoaram toda a cidade com ele, de helicóptero. Metodicamente, bairro por bairro, quarteirão por quarteirão, passaram um pente fino na cidade de La Plata desde cima. O homem não conhecia o endereço da casa, mas tinha a planta na cabeça, conhecia perfeitamente o seu desenho e configuração, sabia até mesmo os materiais de que havia sido feita. Ele a reconheceu perfeitamente.

— Onde ele está, atualmente?

— Quanto a isso, circulam diferentes hipóteses. Alguns dizem que ele está na Austrália, outros falam da África do Sul. Mas encontrei alguém que me disse que ele foi morto, mais tarde, pelos próprios militares.

Então foi o Engenheiro. Teria sido ele um infiltrado desde o começo ou simplesmente não aguentou a tortura? Seja como for, ele sabia que havia um bebê de apenas alguns meses vivendo ali.

Tento imaginá-lo no helicóptero, rondando acima da casa. Imagino-o dizendo: "é essa casa, tenho certeza."

Seria possível que ele vivesse tranquilamente, em algum lugar?

Tranquilamente, não.

Não consigo acreditar.

₽

Tudo isso continuou dando voltas na minha cabeça. De regresso a Paris, lancei-me sobre um velho volume de Edgar Allan Poe e reli *A carta roubada*, o conto que o Engenheiro havia me dito ser o seu preferido.

A história se passa em Paris. Um detetive brilhante, o cavalheiro Auguste Dupin, aplica, com sucesso inegável, a teoria da "evidência excessiva" que o Engenheiro expôs, há trinta anos, em frente ao falso muro da casa dos coelhos.

Eu me lembrava com muita clareza do seu olhar e do seu sorriso enquanto expunha sua teoria. Era estranho ouvi-lo assim, novamente, por trás das palavras de Dupin. Mas, subitamente, a famosa passagem sobre a "evidência excessiva" me fez gelar. Reli-a imediatamente, de início incrédula.

Depois, espantada.
Desde então, reli-a mais de uma vez.
Reproduzo-a aqui, na tradução de Charles Baudelaire:

Há, retoma Dupin, um jogo de adivinhação que se joga com um mapa. Um dos jogadores pede a outro que encontre determinada palavra, um nome de cidade, de rio, de Estado ou de Império, em suma qualquer palavra que esteja dentro da extensão variada e confusa do mapa. Um novato no jogo procura em geral confundir seus adversários, propondo-lhes nomes escritos de forma imperceptível; mas os jogadores veteranos escolhem palavras com letras grandes, que se estendem de uma parte à outra do mapa. Essas palavras, como as amostras e os cartazes de letras enormes, escapam ao observador justamente devido à sua evidência excessiva (...)

Desde que reli essa passagem, ouvindo ecoar na minha cabeça a voz do Engenheiro sobre as palavras de Dupin, não consigo deixar de enxergar nos militantes Montoneros, que acreditavam se proteger pedindo-lhe para se esconder sob uma coberta a cada vez que ele vinha à casa dos coelhos, os "jogadores novatos" de um jogo parecido ao que o personagem de Poe evoca. Como "bom jogador" e leitor atento, o Engenheiro apenas transpôs o jogo que Dupin havia visto numa carta geográfica para a configuração de uma cidade real. Apenas mudou de escala e de tema.

Se assim foi, ele não tinha necessidade alguma de conhecer o número que ficava ao lado da porta da casa, nem mesmo o da rua, porque era capaz de ler, do céu, as linhas e os traços que denunciavam a casa. Ele soube decifrar as letras enormes. Os grandes caracteres.

Mas o romance de Poe não foi feito para servir de arma à guerra suja. Não é possível que tanta sutileza e inteligência pudesse ter servido para massacrar pessoas. E se alguém o fez, em todo o caso, não tinha esse direito.

Há estratégias sutis, muito sutis. Às vezes bárbaras. Estratégias para dominar os outros e ter a última palavra. Para encontrar uma carta roubada, ou para salvar sua pele, é justificável provocar um massacre?

Não, isso não pode ser tão simples. E Poe não pode ser tão cruel. Não. Nem Dupin.

Quero acreditar no acaso.

Quero acreditar também que há muitas outras evidências excessivas.

Que existem homens capazes de fazer passar pela fronteira a filha de um amigo, arriscando a pele, apenas para dizer obrigado a esse amigo.

Clara Anahí vive em algum lugar. Ela, sem dúvida, tem outro nome, e, provavelmente, ignora quem foram os seus pais e como foram mortos. Mas tenho certeza, Diana, que ela tem teu sorriso luminoso, tua força e tua beleza.

Isso também é de uma evidência excessiva.

Paris, março de 2006.

Este livro foi composto nas fontes
Source Serif [texto], Mouron e Rousseau Deco [títulos],
impresso pela gráfica Viena em papel Avena 80g
e diagramado pela BR75 texto | design | produção.
São Paulo, 2022.